Polilla

Alba Muñoz
Polilla

Papel certificado por el Forest Stewardship Council®

Primera edición: abril de 2024
Primera reimpresión: junio de 2024

© 2024, Alba Muñoz
© 2024, Penguin Random House Grupo Editorial, S. A. U.
Travessera de Gràcia, 47-49. 08021 Barcelona

© Diseño: Penguin Random House Grupo Editorial, inspirado en un diseño original de Enric Satué

Penguin Random House Grupo Editorial apoya la protección de la propiedad intelectual. La propiedad intelectual estimula la creatividad, defiende la diversidad en el ámbito de las ideas y el conocimiento, promueve la libre expresión y favorece una cultura viva. Gracias por comprar una edición autorizada de este libro y por respetar las leyes de propiedad intelectual al no reproducir ni distribuir ninguna parte de esta obra por ningún medio sin permiso. Al hacerlo está respaldando a los autores y permitiendo que PRHGE continúe publicando libros para todos los lectores. De conformidad con lo dispuesto en el artículo 67.3 del Real Decreto Ley 24/2021, de 2 de noviembre, PRHGE se reserva expresamente los derechos de reproducción y de uso de esta obra y de todos sus elementos mediante medios de lectura mecánica y otros medios adecuados a tal fin. Diríjase a CEDRO (Centro Español de Derechos Reprográficos, http://www.cedro.org) si necesita reproducir algún fragmento de esta obra.

Printed in Spain – Impreso en España

ISBN: 978-84-204-7708-4
Depósito legal: B-1724-2024

Compuesto en MT Color & Diseño, S. L.
Impreso en EGEDSA, Sabadell (Barcelona)

AL77084

A mi padre

1

Llevo tres días encerrada y no quiero salir. Lo del encierro no es una forma de hablar: él tiene la llave. Ahora vivo en esta cama. A veces voy desnuda y otras veces me aprieto la sábana contra el cuerpo como si fuera un vestido griego, y lo miro a él. Está sentado en el lado opuesto del colchón, recostado contra la pared, encendiendo una pipa de marihuana mala. Sus pectorales se tensan cada vez que hace girar la piedra del mechero.

Como él no habla, yo fantaseo. Imagino que llevo varios días secuestrada y que él es mi captor. Su falta de curiosidad no se debe a que sus jefes le hayan prohibido interactuar conmigo, sino más bien a un rasgo cultural: con tanta guerra, los hombres del Este se han vuelto más introspectivos; eso les ayuda a mantener la temperatura en invierno y el misterio durante todo el año.

También me imagino que llevamos varias semanas escondidos en el bosque. Hablar sería un derroche de energía que no nos podemos permitir. Estamos hambrientos, agotados de tanto sexo, y estas hojitas secas son lo único que tenemos. Si queremos sobrevivir, debemos encenderlas nada más despertar, aspirar el humo y permanecer en silencio.

Se llama Darko. Su madre es serbia y su padre es judío, de una de las pocas familias judías que quedan en Sarajevo. Antes de la guerra había muchos matrimonios mixtos en Bosnia, esa fue una de las primeras cosas que me contó. Yo ya lo sabía, pero fue como si lo oyera por primera vez, como si el hecho de que antes la gente se casara sin pensar en las diferencias étnicas fuese algo excepcional. No lo es, al contrario, de ahí que Darko sea tan distinto: si sus padres se hubieran conocido hoy, no se habrían gustado. Ni siquiera habrían coincidido en el mismo barrio. Nacido en 1988, es el resultado de un amor imposible en la actualidad, el fruto de un deseo extinguido, por eso su físico es tan difícil de descifrar: una mata de pelo rizado entre rubio y pelirrojo, pómulos salidos, como tallados en un par de hachazos, y una lentitud de movimientos que me recuerda a un león pálido y flaco.

Cuando llegamos a esta casa era de noche. El recibidor estaba oscuro pero al fondo del salón se veía una especie de jardín, había gente fumando y charlando alrededor de una mesa. La corriente de aire cerró la puerta detrás de mí con un fuerte golpe. Todos estiraron el cuello hacia nosotros, pero nos quedamos quietos en la penumbra. Darko empezó a hablar muy alto en su idioma, mientras me daba empujoncitos para que subiera por la escalera. Me pareció divertido que quisiera esconderme de su familia. No sirvió de mucho, porque alguien nos observaba desde otro lugar.

Primero vi la punta de una trenza blanca y sin atar flotando en la oscuridad de la cocina. Seguí la trenza y llegué al rostro de una anciana. Sus ojos eran dos gotas de agua y su boca un agujero negro y ovalado. Tenía los dedos entrelazados sobre un lado de la cara. Cuando salió de su ensimismamiento, la abuela de Darko me lanzó un beso tembloroso y yo se lo devolví desde la escalera. Esa misma noche supe que Baba, así la llama él, se niega a utilizar los interruptores de la luz. Tampoco quiso huir a España con Darko y su familia después de un año de bombardeos y francotiradores. Baba pasó el resto de la guerra sola en esta casa, y cuando volvieron la encontraron igual que siempre.

La primera vez que Darko salió de la habitación fue a la mañana siguiente. Oí un tintineo metálico al otro lado de la puerta. Era un ruido de llaves. Me senté de golpe en la cama y me mareé. Aun así me tapé las tetas con la sábana. Después vinieron los gritos. Darko y su madre discutían en la planta baja. Al final él gritó más fuerte y se hizo el silencio.

No sé por qué me imagino a su madre cabizbaja, encendiendo un cigarro. A su madre aún no le he visto la cara, pero la noche en que llegamos distinguí una mata de pelo rizado de la que salía un disparo de humo en forma de aerosol. Si lo pienso bien, tampoco sé cómo es por fuera, con luz de día, la casa en la que me encuentro. Sé que es una construcción adosada, con paredes claras y rugosas. En la puerta hay una placa negra con el apellido familiar, ligeramente torcida. Nuestra habitación da al patio trasero. Sólo hay una cama y una bombilla atornillada a la pared. Desde la ventana se ve un abeto gigante y jardines mustios de tierra negra. Es agosto pero los cuervos graznan como si fuera invierno.

Después de la discusión Darko volvió al dormitorio, cerró con llave y me dio un vaso de leche. Dijo: Bebe. Le pregunté por qué me había encerrado y me respondió que sus padres son lo peor. La leche estaba buenísima. Siempre creí que la leche fresca sabría a entraña caliente, que sería un fluido vivo e indigesto, no imaginaba que fuese un líquido equilibrado con una nota dulce al final. Le dije a Darko que quería más y sonrió. Me aseguró que mientras estuviera en Bosnia él iba a alimentarme como es debido y me llamó niña. Le dije que no me llamara así y repitió la palabra muchas veces, dijo mira la niña, tiene hambre la niña, y me hizo cosquillas. Entonces me contó que en Bosnia hay muchos tipos de leche, toda una gama de densidades y niveles de fermentación, que el líquido que cubre los yogures y que nosotros desechamos es alimento puro, que aquí se vende en bolsas de medio litro y él se las bebe de golpe. Quizá por eso cuando está encima de mí tengo la sensación de que pesa demasiado para estar tan delgado, como si su esqueleto tuviera un exceso de calcio.

Darko hablaba con un cigarro colgando del labio. El humo no le entraba nunca en los ojos, sino que pasaba de largo. Me dijo que si me portaba bien me dejaría salir de la habitación y me enseñaría todos los tipos de leche que hay en el supermercado. Le di un golpe en el hombro y se rio. Nos imaginé juntos en un pasillo lleno de productos del hogar: yo con una cesta de plástico colgando del brazo y él con su camisa de rapero cayéndole como una túnica, examinando el brick con una sola mano, eligiendo la mejor leche con la que alimentarme.

Desde entonces Darko no ha vuelto a pronunciar una frase entera. Cuando le pedí las llaves para ir al baño se puso los pantalones y se asomó al pasillo con la precaución de un soldado. Me quedé mirando los lunares de su espalda, con los que parece menos serio, hasta que hizo un gesto con los dedos y corrí desnuda hasta el baño. Al cerrar la puerta me sentí atontada y lúcida al mismo tiempo, supongo que serían el hambre y la marihuana. Me miré en el espejo y me noté más delgada, como si mi cuerpo hubiera empezado a convertirse en algo nuevo.

En el baño no había ningún objeto de aseo. No había toalla ni jabón de manos. Las baldosas eran de un color granate oscuro, como de sangre coagulada, y por alguna rendija entraba olor a hueso hervido. En una bañera alta y cuadrada flotaban una tela y un palo. Estoy atrapada en un tiempo lejano, pensé. Estoy en un escenario doméstico yugoslavo que ya no existe. Entonces sentí una calma extraña, parecida a la que siento cada vez que entro en una ruina bosnia. Sé que en cualquier momento el edificio puede venirse abajo, y que si eso sucede poco podré hacer yo. No sé cómo lo hago, pero camino entre los escombros con el cuerpo tenso y la mente serena.

Déjame tu cámara. Es Darko quien lo dice y me invade una ilusión repentina. Le digo que sí, que yo le enseño cómo funciona. Doy un brinco pero me agarra el tobillo con una mano y con la otra tira de la bolsa de la cámara. ¡Tsssh! Quédate donde estabas. ¡Eh! Pongo morros y suelta una carcajada. Gateo hasta mi esquina del colchón y me tumbo como una musa. Darko sujeta la cámara con delicadeza y precisión, como si fuera suya. Pienso en *Titanic*. Pienso en *Goodbye, Lenin!*

Ahora me pide un boli. Deshago mi postura y señalo el bolsillo exterior de la mochila. ¿Para qué lo quieres? Ya lo verás, tú túmbate boca abajo. ¿Qué haces? Te quiero escribir un mensaje. Noto la punta fría en el culo. Duele un poco pero estoy emocionada: un mensaje. Miro de reojo y veo que escribe algo en bosnio, en letras no muy grandes. Nos reímos cada vez que mi raja rompe las palabras. Ya no pinta, dice, lo tengo que repasar.

Llaman a la puerta y Darko se yergue de golpe. Está sentado en la parte trasera de mis muslos. Habla y me vibra todo el cuerpo. Me vibran los huesos. Al otro lado está su padre. Darko se levanta furioso y yo reboto contra el colchón. Palpo la sábana en busca del boli pero no lo encuentro. Termino haciéndome un ovillo en mi esquina de la cama. Me gustaría que Darko viese mi falsa cara de miedo pero está girando la llave a la vez que sujeta la puerta. Su padre intenta entrar: forcejean. Al final Darko consigue salir al pasillo sin que su padre me vea. Cierra con llave y después hablan.

Cojo la cámara y me pongo de rodillas. Saco una foto de mi culo, con flash. Compruebo que esté enfocada y paso unas cuantas imágenes en la pantalla. Rápidamente vuelvo a mi posición, lo dejo todo como estaba. Traduciré el mensaje después, o mañana, cuando salga de aquí.

2

Tres meses antes, estaba teniendo un ataque de ansiedad en el lavabo de la facultad de Periodismo. En 2008 no existía la ansiedad, así que lo llamé simplemente rabia. Era verano y quedaban pocos días para terminar el curso, la carrera, la vida académica en general, que había sido prácticamente toda mi vida hasta ese momento. Ansiaba abandonar las aulas y salir al mundo, pero tenía vértigo, aunque no sabía que lo tenía. En el baño de la planta baja, uno de baldosas blancas que estaba siempre vacío, tuve una de esas epifanías de juventud que terminan marcando la vida.

Estaba haciendo cola en la copistería. Era mediodía y la fila no avanzaba. Todos necesitábamos encuadernar —era obligatorio— los últimos trabajos del curso. Nos abanicábamos con los deberes absurdos, nuestros dedos dejaban huellas húmedas en el papel. Mientras esperaba, agobiada por el calor oí el inicio de una conversación. Un puesto por delante de mí, dos empollonas de mi clase empezaron a hablar de forma amistosa. Nunca las había visto hablar antes entre ellas. Nunca las había visto hacer nada que no fuera subrayar apuntes con fluorescentes de colores y reglas pequeñas, caminar por el pasillo encerado con la carpeta pegada el pecho. Todo estaba a punto de terminar y era poco probable que volvieran a verse, así que era posible que se hubieran ablandado y hubieran decidido mostrar sus cartas. Hablaban de sus planes para septiembre, de los siguientes pasos que darían en la vida. Iban a estudiar un máster, a especializarse en tal y tal cosa. Aunque no me gustase admitirlo, yo también era una empollona, quizá un poco menos ortodoxa en las formas. Al oírlas tan seguras de sus estrategias, empecé a ponerme nerviosa: ¿por qué querían seguir estudiando? La universidad era un sinsentido, una estafa: perdimos cuatro años de lecturas y viajes. Lo peor era que nos habían hecho creer que para todo teníamos que postularnos, acumular puntos; nos creímos que no existían líneas rectas entre nuestros cuerpos y las cosas que queríamos tocar. En vez de darnos poder, nos habían hecho más pequeñas y miedosas. Salí de la fila y fui hacia el baño. La luz se filtraba por un ventanal alto e impregnaba las baldosas de la suavidad de una piscina. Apoyé los brazos en la pila y respiré hondo, cada vez más fuerte. Daba igual lo que hicieran las demás, lo que nos recomendaran los orientadores académicos: sabía que lo único que necesitaba para convertirme en una reportera indomable y cotizada era un portátil y unas botas buenas. Y hacerme hacker, a poder ser. Por primera vez iba a hacer caso a mi intuición. No había otra salida. Para triunfar, sólo necesitaba mala hostia e internet.

Días después vi el cartel. Colgaba de la pared exterior de la cafetería. A medida que me acercaba me sentía más avergonzada, como si fuera una pantalla en la que se proyectaba una escena porno y toda la facultad me estuviera viendo mirándola. El cartel revelaba algo íntimo de mí, algo que prefería que no se supiera. Recuerdo cada uno de sus elementos: una carretera rural en invierno, sumida en la niebla. Una señal de tráfico amarilla con el símbolo de un tanque y una palabra en cirílico terminada en signo de admiración. En primer plano, una concertina. Coronaban la composición dos palabras escritas con una tipografía en ruinas, como de marca de cereales: «Reporter Academy». Nunca quise ser periodista de guerra, pero fantaseaba con verme en un espacio extraño y hostil, ser un cuerpo vulnerable. Arranqué el cartel y lo guardé en la mochila.

Como regalo de graduación, mi madre me inscribió en la expedición organizada por la autodenominada academia de reporterismo, con destino Bosnia-Herzegovina. No me importaba que hiciera quince años que la guerra hubiera terminado. En realidad, pensaba, era mejor así: nadie esperaba que una joven periodista escribiera una historia increíble sobre un país diminuto y miserable, un territorio dividido y tutelado donde era obligatorio que nunca pasase nada.

Durante tres semanas recorrí Bosnia en furgoneta con estudiantes de Ciencias políticas, Sociología, Relaciones internacionales y jóvenes fotoperiodistas. Mientras hacíamos entrevistas en grupo, observaba el lugar donde nos encontrábamos. Con la excusa de ir al baño me adentraba en garajes y cobertizos. Buscaba símbolos religiosos, escudos militares, banderas nacionalistas: algo que indicase que allí se escondía un criminal de guerra. Cuando los demás se bañaban en el río, yo desfilaba por senderos estrechos en busca de montículos sospechosos y casas transparentes, de las que sólo quedaba la estructura en pie. A veces me quedaba sola leyendo en el porche de la casa donde nos alojábamos. Como no tenía nada para leer, tiraba de la lista de datos que había anotado en mi cuaderno la noche antes del viaje:

«1,4 millones de bosnios sufren estrés postraumático (BHRT)».
«2,2 millones de refugiados y desplazados (ACNUR)».

«En la mayoría de hogares bosnios hay al menos una pistola (Gun Policy)»...

Leía la lista varias veces, como en un rezo, mientras me indignaba una vez más la belleza bucólica que me rodeaba: barriles llenos de sandías sumergidas, libélulas azules, gatos adormilados a la sombra de una parra. Decía entre dientes: Bosnia, tú a mí no me engañas.

Todas las noches íbamos al único bar que había a la vista, una antigua caseta de labranza en medio de un campo arado. El hijo del dueño cerraba cuando nosotros decidíamos marcharnos. Siempre había amigos suyos en la barra, vestían camisetas de fútbol y se reían muy fuerte cada vez que alguna de nosotras pasaba cerca de sus espaldas numeradas. ¿Te gusta Bosnia?, me preguntó uno de ellos. Es muy bonita, respondí. ¿Por qué esto?, ¿por qué vienes aquí? El chico levantó los brazos con gran incomprensión y se le derramó un poco de cerveza de la boca. Quiero saber si la paz es de verdad o de mentira. No entiendo, dijo él. Si pudieras, ¿matarías a alguien?, pregunté. El chico se giró hacia la barra en un gesto rápido y preciso, como si se le hubiera pasado la borrachera de golpe, pero sus amigos no le prestaban atención. Por la paz, dijo levantando su botella. Por la paz, respondí yo. Lo que buscaba estaba justo ahí, en las bocas brillantes de los borrachos. No quería que me contaran su versión de los hechos, quería que me contaran sus pesadillas. Había venido a Bosnia en busca de la muerte y me estaba persiguiendo la vida.

Cuando los postes de la luz no funcionaban, el camino de vuelta a casa se convertía en un túnel del terror, y todos sabemos lo que ocurre en el túnel del terror: las formas oscuras respiran a cada paso y los grillos anuncian la hora de las manos frías y las lenguas calientes. Siempre había una parejita que desaparecía. Se alejaban con crujidos de pisadas y risas a punto de estallar. Yo avanzaba en la negrura sin parpadear, temiendo que algún dedo me rozara. El verano se nos fundía así, con los cuerpos encendidos bajo las estrellas del «País más pobre de Europa (Eurostat)».

Todo el mundo se ríe de su yo de veintiún años. Yo, por más que lo intento, no puedo. Quiero reírme de esa Lisbeth Salander de pacotilla, de esa chica que se creía punk y era sólo una romántica. De esa ambición desmedida hasta el llanto. Quiero ridiculizarla y olvidarla, pero es ella la que se aleja y me mira con una sonrisa astuta. Es ella la que se quedó con algo que me pertenece, algo que debió venirse conmigo, una determinación que parece haberse diluido con el tiempo.

3

De todas las cajas de documentos, folletos y fotocopias; de todos los audios y fotografías almacenados en discos duros y en la nube; de toda la información que llegué a acumular durante aquella investigación, la más grande y profunda que he llevado a cabo; de todo ese material que creía valiosísimo y he ido arrastrando conmigo en sucesivas mudanzas a lo largo de los años; de todo eso, lo más importante, lo que más recuerdo, es una foto de mi culo.

Traduje desnuda, en la cama, con la cámara de fotos encendida y mi diccionario de español-serbocroata. Darko había bajado a la cocina en busca de provisiones. Yo no tenía ni hambre ni sed porque tenía dos frases enteras. Cuando descifré la palabra «quieres», todas las células de mi cuerpo dieron un salto.

Hoćeš li, ja bih volio da živimo zajedno. Želim da se na završi ovaj momenat.

«Si quieres, me gustaría que viviéramos juntos. Quiero que este momento no termine».

A su vuelta, mientras Darko cerraba la puerta con llave, sonreí con superioridad. Ahora sé cuánto te gusto, pensé. Cuando se giró hacia mí pensé que era mejor sonreír sólo por dentro.

4

Nos conocimos el día antes de volver a casa, en la estación de tren de Sarajevo. Los jefes de la expedición habían citado a todos los grupos para organizar la salida del día siguiente. En la furgoneta, de camino al lugar, el fotoperiodista que se sentaba a mi lado me pidió ver las fotos de mi cámara. Dijo que estaban todas quemadas. También dijo que la luz del día no era suficientemente mágica para sacar buenas fotos: los mejores momentos se dan al amanecer y al atardecer, con el sol oculto, durante un intervalo conocido como hora azul. El problema de la hora azul, añadió, es que se trata de un lapso demasiado breve y escurridizo. La transición es tan suave que el ojo humano es incapaz de percibirla, cuando te das cuenta ya es de día o de noche. Como despertarse o dormirse, pensé, ese instante imperceptible en el que ocurre todo. Una nunca sabe cómo llega al otro lado, sólo puede imaginarlo.

Al bajar de la furgoneta me sentí ligera. No había encontrado ninguna historia que propulsara mi carrera como periodista, pero al menos ya podía dejar de buscar.
Ocupábamos la mitad del parking de la estación. Las furgonetas, aparcadas en corro, parecían escarabajos a punto de echar a volar. Puede que fuese la hora azul, pero me pareció que todos estaban mucho más guapos. Habían pasado tres semanas desde que había visto a los demás grupos por última vez. Las pieles bronceadas resaltaban los ojos y las dentaduras, y los cabellos sucios

mostraban su verdadera forma. Ya no parecían estudiantes frágiles y competitivos, sino gente acostumbrada a estar de pie. Gente interesante.

¿Quién es ese?, murmuré, ocultándome tras el hombro más cercano. No era uno de los nuestros pero todos parecían conocerle. Era masculino y extraño. Llevaba un bolígrafo clavado en el pelo y movía el piercing de la lengua de forma maquinal. Por su piel lechosa y su camiseta de tirantes de color azul claro pensé que parecía un rapero siberiano. Hundía los puños en los bolsillos de un pantalón militar varias tallas más grande. Eran puños, no manos. Podía ser bosnio, pero ningún bosnio llevaría ropa militar por pura estética. Eso sería más propio de un extranjero, aunque tampoco aparentaba serlo. El chico no parecía de ningún lugar, sino más bien un invento nuevo.

Me acerqué al jefe de la expedición y le pregunté quién era el del pelo afro. Al parecer, le había conocido en una tienda de discos. El jefe había tenido problemas para entenderse con el dependiente y el chico se acercó para ayudar. Hablaba un español perfecto. Hablaba catalán, incluso. Conversaron un rato y entonces el jefe le propuso sustituir a una intérprete que se había torcido el tobillo. El chico accedió de inmediato: en Sarajevo ya no tenía amigos. Había crecido en Catalunya y sólo visitaba su ciudad de origen en verano. Además, sus padres le estaban obligando a trabajar todo el día en la casa familiar, que estaban reformando con la intención de volver cuando se jubilaran. Me estaba preguntando de qué grupo habría acabado siendo intérprete —con quiénes se habría emborrachado, bañado en el río, mirado las estrellas— cuando una voz grave sonó detrás de mi oreja.

¿Y tú quién eres?

—¿Yo? Alba, ¿y tú?

—Darko. Guay, tía. Nos vemos por aquí.

Al decir su nombre se llevó la palma al corazón, y a punto estuve de imitarle. A medida que se alejaba, la cara se me incendió. Si le había estado mirando todo el tiempo, ¿en qué momento me había visto él a mí? Estaba asombrada, indignada: había creído que podía observarle sin ser vista, como a un cervatillo en el bosque, pero resultó que el cervatillo era yo. Sin darme cuenta había anochecido.

Fuimos todos al centro para celebrar la despedida. Entramos en un bar rockero de luz amarillenta. Darko y yo ocupamos los extremos opuestos de la misma mesa. Charlábamos con quienes teníamos cerca, pero nos mirábamos cada vez que dábamos un sorbo a la cerveza. De vez en cuando uno de los dos aguantaba la mirada un poco más y producíamos sonrisas que reciclábamos en nuestras respectivas conversaciones.

Cuando fui a la barra sabía que él me estaría mirando. Apoyé los codos en la madera gastada, estirando la espalda y fingiendo distensión. Me fijé en el espejo inclinado que había encima de las botellas: ofrecía una perspectiva insólita de mi cabeza. Al contrario de lo que siempre había creído, mi raya del pelo no era una línea recta que partía mi cabeza en dos mitades exactas, sino un zigzag deforme. Estaba pensando en lo inquietante de este descubrimiento cuando dos brazos se extendieron a lado y lado sin tocarme y apoyaron las manos en la barra. Volví a alzar la vista hacia el espejo. Esta vez lo miré como si fuera un televisor y yo no fuera la chica de la raya torcida en la cabeza, en cuya espalda brillaban dos tirantes blancos. Entonces dijo: ¿Vamos?

A lo largo de los años lo he repetido muchas veces: no entiendo cómo salí del bar y me metí en el taxi. Qué se me pasó por la cabeza para actuar con semejante automatismo, como si lo hubiese estado ensayando. Cómo pude bajar la ventanilla y aspirar el perfume de las hogueras nocturnas de Sarajevo, mezcla de ramas y bolsas de plástico, mientras me alejaba en línea recta de mis compañeros, de la posibilidad de volver a casa. Por qué no dije nada cuando Darko cerró la puerta trasera del coche y ocupó el asiento del copiloto. Su mano colgando por la ventanilla: ahora suspendida en el aire, ahora acariciando la puerta como el lomo de un gran animal. Mil veces habré dicho que no lograba entenderlo. Por qué dejé caer todo mi peso en aquel asiento roto, tan suave y cómodo. El cuello recostado sobre la velocidad, los labios sellados en un autosecuestro. Siempre he dicho que no lo entendía, pero sí lo entiendo. No era la hora azul, sino pasada la medianoche, cuando los motivos propios parecen los sueños de otra. Si subía al taxi el viaje no terminaría en unas horas. Si subía al taxi tendría algo que contar.

5

Sus padres se han ido. Estamos solos en la casa por primera vez. En lugar de celebrarlo o, no sé, volvernos locos un rato, estamos en el jardín trasero, cada uno a sus cosas. Él sin camiseta junto a la valla de madera, enroscando la punta de un cable; yo con los pies sobre la mesa del porche, revisando las páginas de mi cuaderno. Quiero releer todo lo escrito durante el viaje, incluidos los números de teléfono y los garabatos trazados en movimiento. Quiero asegurarme de que no me olvido de nada ni nadie con potencial para convertirse en un reportaje. Sin embargo, paso las páginas sin retener nada. Las condiciones para la lectura son tan perfectas que no consigo leer. Me asombra nuestra coexistencia tranquila, esta intimidad tan distinta a la de la cama. Simplemente miro mi letra apasionada, que ahora parece un poco absurda. Finjo que leo y estiro las piernas con los dedos en garra, como una bailarina, por si mira hacia aquí.

Es curiosa esta pequeña urbanización balcánica. Nunca imaginé que vería casas adosadas en Sarajevo. Apuesto a que si pudiera verlas desde el aire, con los ojos de un cuervo, parecerían dos pulmones enfermos: dos hileras de casas pintadas con distintos colores sombríos, mirándose las unas a las otras. Pequeños jardines negros divididos por la tráquea o el caminito de tierra. La mayoría de los vecinos usa el jardín como almacén para la leña y los trastos, como una simple extensión de sus hogares. Como bolsas de aire. Algunos se esfuerzan con las margaritas blancas y los tulipanes, colocan tiestos coloridos sobre la tierra. El resultado es deprimente porque en Bosnia sólo crece el verde, sólo germina lo que ya estaba ahí. Las especies de invernadero, más vistosas, se ven mustias al lado del herbazal.

El dinero mata la naturaleza: poda, arranca y extermina. La pobreza, en cambio, es el mejor abono. Las plantas y los insectos crecen contra las construcciones humanas. Revientan las aceras y se abalanzan contra los parques infantiles, las vallas de acero, llenándolo todo de enredaderas, telarañas y nidos. Los bajos de los edificios se cubren de un musgo fino.

Estoy sentada en el porche como podría estar tumbada en el suelo mientras me trepan los tallos y los insectos. Es agradable sentirse a merced de los elementos, de las leyes que pudren o hacen brotar, que empujan las cosas hacia algún lado. Una amenaza constante que lo ordena todo y me apacigua.

Darko está concentrado. Su silencio es verdaderamente silencioso. Mi silencio, en cambio, está lleno de ruido, de mi propia voz. Su concentración tiene que ver con el cable, es decir, con la luz, es decir, con el fuego, la supervivencia. Los dos somos de carne y hueso pero yo soy un objeto electrificado, un objeto inmóvil con demasiada actividad interior. Él es un animal meditativo superior, una consciencia material llena de sentido. Su espalda blanca bajo esta luz de postal vieja, el clic de los alicates partiendo el cobre; sus zapatillas arrastrándose por la tierra negra como si esta fuese el pasillo de su casa. Y sus manos engañosas, que parecen jóvenes pero son ásperas.

La vecina nos está espiando. No hay nada más visible que una cortina arrugándose en la distancia. Debemos ofrecer una estampa curiosa. Seguro que nos critica en voz baja. El niño del barrio que se fue a vivir a España y se volvió estrafalario. Ahora viste como un delincuente, con ese pincho en la lengua y ese pelo de payaso. Al menos sabe hacer cosas útiles, le está montando a su madre la instalación eléctrica nueva, y le veo cortar leña. La que está con él es una maleducada, dicen que es periodista experta en los Balcanes. Ya ves tú. Tiene cara de buena chica pero se comporta como un hombre, pone los pies sobre la mesa. Ni se maquilla ni se peina. A veces se pasa horas leyendo papeles en el porche, fumando, escribiendo con el ordenador. Eso sí, debo admitir que son guapos. Son un matrimonio raro pero guapo. No esperaba que se casaran y que se quedaran en Sarajevo pudiendo vivir en Barcelona, ella es de allí. También fue una sorpresa que tuvieran la criatura tan pronto, ya sabes cómo son estas chicas modernas. El niño, debo decirlo, es precioso: un ángel travieso de rizos dorados. Ella parece buena madre, aunque a saber. Le pone al niño los zuecos gigantes de la abuela y se pasan horas riendo en el jardín...

Unos pitidos me despiertan. Un SMS en inglés, con faltas de ortografía y demasiados espacios entre palabras. «Aquí Fadila Hadžić. Directora de La Strada BiH. Si eres profesional, sube al primer tren. Espero en el mercado de libros de segunda mano de Mostar. Mañana».

Tardo varios segundos en comprender que se trata de una respuesta tardía a uno de los correos que mandé al principio del viaje para solicitar entrevistas. Escribí a discreción, usando un texto estándar y cambiando solamente la dirección del destinatario.

En el centro del jardín, Darko observa un destornillador. Lo levanta y guiña un ojo para comprobar el estado de la punta. Le digo que me ha escrito la directora de una ONG a la que escribí hace tiempo. No le digo que me parece raro que me haya mandado un SMS en vez de contestarme al mail. Le digo que creo que mañana iré a verla, cogeré el primer tren hacia Mostar. ¿Qué quiere? No lo sé. Hablar conmigo, supongo. Darko mira de cerca el destornillador, lleno de concentración.

6

La primera vez que vi Bosnia fue en un vídeo de YouTube, y en ese mismo vídeo me pareció ver a mi padre. Los primeros segundos de grabación eran caóticos. Quienquiera que estuviese filmando llevaba la cámara al hombro con la lente apuntando al cielo, como una escopeta. Las copas de los árboles centrifugaban a cada paso y se oía la respiración fatigada de un hombre. Después el plano se enderezaba y aparecían varios militares con fusiles. Caminaban decididos entre la hierba alta. Por delante de ellos, cuatro hombres avanzaban con las manos atadas a la espalda. Parecían más pequeños y delgados, como si fueran de otra especie.

A continuación, el grupo se adentraba en el bosque. Se oía un crujido mecánico: el sensor de la cámara adaptándose a la sombra. Después la vegetación se volvía fluorescente, de un verde clorofila irreal. Las ramas bajas acariciaban a los soldados uno a uno, les rozaban el hombro o la oreja como si quisieran persuadirlos de algo, pero ellos se abrían paso hasta llegar a un claro. Entonces la imagen hacía un movimiento brusco: un hombre arrodillado sobre la hierba. Junto a sus piernas, un diente de león intacto. Se oía un disparo y la cámara enfocaba el pelotón. Quedaban dos hombres en pie, de espaldas. El siguiente parecía muy joven. Empezaba a caer hacia adelante un segundo antes de que se oyera el disparo.

El último hombre vestía una chaqueta de chándal holgada con franjas azules y grises en las mangas. Cuando la voz le ordenaba que se moviera, de su frente sobresalía un flequillo tieso, como de gallo, como el que se le ponía a mi padre cuando se levantaba de la siesta. Después lo acribillaban.

Sé que es imposible que un fusilamiento registrado en 1995 pudiera resultarme familiar. Sin embargo, había algo en este y en otros vídeos de la guerra de Bosnia que me obsesionaba. Muchas de estas imágenes fueron tomadas con cámaras domésticas. De forma espontánea, los combatientes utilizaban los aparatos que tenían en casa, los mismos con los que habían grabado la boda de su hermana o el cumpleaños de un hijo, para registrar edificios en llamas y matanzas.

Yo fui una de esas niñas que rebobinaba cintas VHS para verse una y otra vez la cara encendida por el fuego del pastel. Hasta que cumplí los cinco, todos mis cumpleaños se filmaron con una *handycam*. También el día de Reyes, las coreografías de fin de curso y los carnavales. No grababa mi padre, sino mi tío Alfredo, que terminó creando un archivo llamado «Escenas Familiares (EF)».

Poco antes de viajar a Bosnia comprendí que los vídeos más atroces de aquella guerra tenían la misma estética que mis recuerdos de infancia: los mismos colores saturados, el mismo temblor arcoíris, los mismos numeritos digitales en la esquina. Al fin y al cabo, los vídeos caseros son los recuerdos que pude rememorar más veces, viendo las cintas hasta saberme los diálogos y reírme antes de tiempo, hasta convertirlas en otra cosa, algo calcificado dentro de mí. Una especie de nostalgia prematura.

Es muy fácil encontrar vídeos de la guerra de Bosnia en internet. Más allá de las grabaciones caseras, los noventa fueron años dorados para las corresponsalías. Ninguna televisión quiso perderse el conflicto más sangriento en territorio europeo desde la Segunda Guerra Mundial. La sorpresa y el horror se mezclaron a partes iguales. Ni siquiera los historiadores más pesimistas pudieron predecir el ensañamiento fratricida, un reventón de sangre impropio de finales del siglo xx.

Recuerdo una conexión nocturna en la que el reportero apenas parpadeaba y se mordía los carrillos por dentro a la espera de que el presentador terminara de formular su pregunta desde plató. Cuando daban paso a las imágenes, se hacía evidente que el reportero y el cámara habían pasado la mañana haciendo zoom sobre personas con su misma apariencia —chupas con hombreras, enormes monturas de carey, zapatillas blancas de largos cordones— que cruzaban agachadas una calle de Sarajevo o se desangraban ya sobre la acera, tan reconocibles que parecía que estuvieran fingiendo.

Durante las semanas previas a la expedición iba varias veces por semana a la biblioteca. Elegía siempre los mismos libros, uno sobre la antigua Yugoslavia y otro sobre las guerras de los Balcanes. Estuve tomando apuntes y dibujando esquemas hasta que alguien me envió el primer enlace de YouTube. Y entonces no pude parar: cuantos más vídeos veía, más me convencía de su poder sobre cualquier texto. La de Bosnia había sido una guerra grabada con mal pulso y con la misma luz que se veía en la calle; una guerra en la que se fusilaba a europeos vestidos como europeos. Era como si unos soldados hubieran irrumpido en mi fiesta de cumpleaños y hubieran empezado a disparar, y como si mi tío Alfredo hubiera seguido grabando.

En la víspera del viaje, mi madre llamó a la puerta de mi habitación con el teléfono inalámbrico en alto: Es tu padre. Al otro lado su voz sonaba azucarada, llena de miedo. Sobre todo no te fíes de nadie, mi niña, no te fíes ni de tu padre. Le salió su risa de bigote, una mezcla de risa nerviosa y tic con el que se aclaraba las fosas. Supongo que te acordarás, dijo cuando estábamos casi a punto de colgar. Acordarme de qué. Coño, la guerra de Bosnia fue tu primera manifestación, en la plaza Sant Jaume, no me digas que no te acuerdas. Una plaza fría y oscura. Tengo unos siete años. Es de noche y mi padre me aprieta los hombros para que no me mueva. Hay una paloma de la paz muy grande dibujada en una lona extendida en el suelo, en el centro del corro. Está muy bien hecha. Sé que es una paloma de la paz porque lleva una rama de olivo en el pico. Nos lo han explicado en clase. He dibujado palomas de la paz, pero nunca tan bien como esa. Se lo quiero decir a mi padre pero sé que no debo hablar. Junto los dedos y cierro un ojo para seguir el trazo sinuoso de la cabeza que se junta con el pico. Me gusta que no haya una línea que separe la cabeza del pico. No sabía que eso se pudiera hacer. El corro está formado por gente mayor sujetando velas. La mayoría están en silencio, pero algunos tosen. Hay dos equipos: los que sujetan las velas y los que las dejan en el suelo, en el centro del corro. Entiendo que están tristes, que tienen que hacerse los tristes, pero no entiendo cuál es la diferencia entre sujetar la vela y dejarla en el suelo. Me duele la clavícula derecha. En una ráfaga, el viento apaga la mayoría de las velas del suelo y varios adultos con mechero se agachan con cuidado y las encienden de nuevo. Papa —digo, lo más bajito que puedo—, ¿por qué encienden todo el rato las velas cuando las apaga el viento? No contesta y me aprieta los hombros un poco más. Me hace daño. ¿Yo qué te he dicho? Que te estés callada, me responde al oído. Mi padre sabía que fallaría y he fallado. Ahora estoy triste como la gente del corro.

Días después, es sábado. Estamos comiendo macarrones gratinados en casa. Es un día extraño porque normalmente los sábados comemos macarrones gratinados en casa de la *iaia*, con mis primas y mis tíos. Puede que mi hermano esté enfermo y por eso no estemos con los demás. A la mesa estamos sentados mi padre, mi madre y yo. Como es un día especial, vemos la tele mientras comemos. Las noticias. *No miris*, dice mi madre de pronto. En la pantalla se ven coches grandes, salen ruidos de motores y la palabra Balcanes. *¡No miris!* Héctor, díselo. Mi padre da unos golpecitos en el borde de mi plato con el dedo índice, sin apartar los ojos del televisor. No miro la pantalla porque sé que da miedo. Miro a mi madre, pero entonces ocurre algo que da mucho más miedo: las aletas de su nariz empiezan a moverse muy rápido, empieza a temblarle el mentón. Mi madre se levanta con violencia, arrastrando la silla, algo impensable en ella. Aguanto la respiración esperando a que mi padre estalle, pero mi padre no estalla. Oigo a mi madre en el baño, sonándose la nariz. No pasa nada, dice mi padre, la mama sólo necesita desahogarse, y da otro golpecito en el borde de mi plato.

Cuando colgué el teléfono inalámbrico, entendí que iba a viajar a la pesadilla de mis padres. Un día después, mientras recorría en furgoneta la avenida de los Francotiradores, sentí que me envolvía una mezcla de adrenalina y vulnerabilidad, como en el tren de la bruja: los soldados podrían verme desde la cornisa de ese edificio, desde cualquier plano de las montañas que rodeaban la ciudad. Me sentía importante y diminuta al mismo tiempo, en manos de un dios simultáneo que superponía mi cuerpo vivo con la silueta de un cadáver, que me dejaba jugar con el terror seguro del pasado. La pesadilla de mis padres era mi sueño hecho realidad.

7

Fadila Hadžić parece un cochinillo haciéndose al horno. Es mayor, gorda y tozuda. Su piel resplandece, untada con una mezcla grasienta de sudor y crema solar. Tiene que ser tozuda, porque es la única clienta del mercadillo de libros de segunda mano de Mostar, un tenderete abandonado por su propio dueño, que se refugia en un portal cercano, a salvo del sol abrasador. Fadila se inclina con dificultad sobre las portadas ardientes. Casi puedo oír sus latidos acelerados, su respiración fatigosa. Viste de negro, lleva un gorrito de paja colocado al revés, con la parte frontal en la nuca. Un bolso de asa larga le cuelga del codo y choca con sus tobillos.

¿Señora Hadžić? Cuando se gira hacia mí, las gafas de sol se le escurren por el tabique y señalan la punta brillante de su nariz. Dice mi nombre y me da dos besos. No le importa llenar mi cara de una humedad asquerosa. ¿Te gusta el feng shui? Sé lo que es, respondo. Querida, es esencial para mi equilibrio. ¿Ah, sí? Sonrío, pero sólo puedo pensar en la humedad de mis mejillas. Miro los libros amontonados sobre el tenderete, fingiendo interés, y me seco con el dorso de la mano. Fadila se abalanza sobre un viejo libro sobre disposición de muebles en armonía en inglés y lo abraza como si fuese a quitárselo. Algo duro suena contra la tapa. ¿Te gustan las piedras?, ¿tienes piedras? Tengo un cuarzo rosa que me regaló una amig... Mira, dice sin dejarme terminar, y empieza a tirar de una cadena hundida entre sus grandes pechos. Tira poco a poco, como si fuera un ancla. Veo cómo me mira detrás del velo oscuro de sus cristales. Abre ligeramente la boca, como una maga infantil en horas bajas. Que mire justamente ahí, en la larga línea donde se juntan sus tetas salpicadas de manchas solares. Al fin, el objeto aparece. Es una piedra negra, pulida y plana, con forma de almendra. Ónix, dice Fadila levantando las cejas. Cuando creo que el espectáculo ha terminado, empieza a mover el colgante como si fuera un péndulo. No soporto a las mujeres que creen tener una conexión especial con los elementos. Usan conceptos como armonía y equilibrio para construir un poder frente a ti. Me arrepiento de haber venido. He sacrificado un día con Darko por una señora loca. Por suerte, las gafas se le escurren definitivamente y Fadila se desconcentra, se las coloca con un toque de dedo y devuelve el péndulo a la grieta de su escote. ¿Tienes hambre? Vamos a comer carne buena, conozco un sitio, dice sin esperar a que responda. Paga el viejo libro de feng shui y lo lanza con desdén dentro de su bolso.

Son las once de la mañana y estamos a orillas del río Neretva, el que dicen que bajaba rojo durante la guerra y ahora es de color turquesa. El calor me impide levantar la vista y apreciar la ciudad. Todos los veranos un bochorno traicionero se instala en la región de Herzegovina y deja a la población trastornada durante varias horas al día. Muerdes un trozo de sandía y un segundo después el agua te sale por la frente.
Fadila avanza sobre los adoquines a pasitos rápidos, como una geisha. Le resbalan gotas por el cuello y oigo los pitidos de su respiración. No parece acostumbrada a llevar chanclas de plataforma. Quizá se las ha puesto para parecer sofisticada y ahora teme darse un costalazo. Justo cuando pienso en ofrecerle mi brazo, señala un restaurante como si fuera un pico nevado. Fadila cruza el salón va-

cío con prisa, ignorando al camarero que nos mira desde la barra. Salimos a un balcón de madera suspendido sobre el río. Aquí tampoco hay nadie, pero elige la mesa más apartada. Se deja caer sobre la silla de plástico y empieza a abanicarse con el menú. Su respiración se acelera. Para darle intimidad, miro las aguas tranquilas que pasan bajo el sauce llorón.

Cuando recupera el aliento, se quita el sombrero de paja. Me impacta el rojo chillón de su pelo, imposible de adivinar debido a las puntas humedecidas por el sudor. Me sorprende su corte deshilachado y moderno. Se quita las gafas. Tiene unos ojos ligeramente rasgados, sin cejas ni pestañas; un rostro redondo, pálido y teutón, lleno de pequeñas bolsas de carne flácida.

Son las once y media de la mañana y Fadila pide dos platos de costillas de cordero y dos cervezas en vaso largo. Solo cuando el camarero ha desaparecido saca de su bolso una cajetilla de tabaco más estrecha de lo normal, con un logo rosa y plateado. Slims, dice. ¡Son para chicas! Fadila enciende un cigarrillo fino como una varilla de incienso. Apenas saca humo. Coge uno, dice. Hago caso y aspiro el tubito blanco. Es tan fino que tengo que poner la espalda recta y apretar los brazos contra el cuerpo para no sentirme ridícula. No sé si son cigarrillos para chicas, pero seguro que son cigarrillos feminizantes.

¿Qué sabes de Bosnia? Fadila descarga un trocito de ceniza y de nuevo empieza a hablar antes de que responda. Bosnia está atravesando tres transiciones a la vez: de la guerra a la paz, del comunismo al capitalismo y de un sistema político controlado a una hipotética democracia. Después de la guerra nos convertimos en un bebé tutelado por papá Estados Unidos y mamá Europa. Papi y mami siguen estando aquí, pero sabemos que nos han abandonado. Entiendo, digo. No, no lo entiendes. Los poderosos son criminales, se hicieron ricos durante la guerra. Conozco los índices de corrupción y crimen organiz... ¡La mafia es lo único que funciona en este país! ¡Están tan profundos que no los ves! Una gota de su saliva me impacta cerca de la boca. No entiendo por qué me habla así, qué se ha creído la vieja loca esta. El camarero trae dos platos de carne humeante. ¡Ah!, dice Fadila. De pronto sonríe como una niña. Abandona el cigarrillo y mueve las puntas de los dedos. Señala mi plato. Come, no tengo mucho tiempo. Pensaba que... Come.

Muerdo la costilla por no morderle la yugular. Fadila es distinta a la mayoría de bosnias que he conocido, que o son ancianas encorvadas con un pañuelo en la cabeza, o fumadoras compulsivas con los labios perfilados, o jóvenes bellezas de melena lacia que podrían ser modelos. Fadila no encaja en ninguna de estas categorías. Parece una lesbiana berlinesa aficionada a la carne roja y al arte contemporáneo.

Hace cuatro meses ellos quemaron mi coche, un Yugo blanco, dice de pronto. ¿Sabes lo que es un Yugo? Sí, ese coche pequeño y cuadrado que se fabricaba en la antigua Yugoslavia. Ajá, bien, bien. Fadila agacha la cabeza, me mira a los ojos y empieza a susurrar. Fue en una plaza, muy cerca de aquí, dice señalando hacia el otro lado del río con una costilla roída. Era de noche. Yo estaba en mi antigua oficina y de pronto ¡ffffssh! Fuego en el centro de la plaza. Todos los vecinos lo veían pero nadie abría la ventana. Todo el mundo quieto. Eso es normal aquí. En cuanto lo vi, me tiré al suelo y llamé a la policía. Tardaron dos horas. ¡Dos horas! ¿Sabes qué dijeron? Que el coche había ardido solo. ¿Sabes por qué me quemaron el coche? Porque dos días antes entré en un bar y me llevé a una jovencita que estaba encerrada como un perro. Fadila apura el hueso, se chupa los dedos uno a uno. ¿Cómo, encerrada?, pregunto. ¿La habían secuestrado? ¿De qué te sorprendes? Sonríe y se mueve en la silla. Tú eres de las que creen que las víctimas están en los cementerios, ¿verdad? Seguro que has hecho muchas fotos de tumbas. Qué hija de puta, ahora tiene toda mi atención. ¿Hay chicas así en Mostar? Quiero decir, ¿encerradas? Pues claro. Están por todas partes. ¿Dónde? En casas, hoteles, moteles... ¡Por todos lados! No me escuchas. Nosotras las ayudamos a esconderse en casas secretas donde no hay ni hombres ni espejos. Ahora termínate la carne, que quiero enseñarte algo.

Doy varios mordiscos y mastico con la boca llena. Chicas escondidas, pienso, sin hombres ni espejos. Fadila se levanta con un quejido y mueve un brazo para que la siga. En cuanto nos alejamos de la mesa, una nube de moscas cubre la montaña de costillas frías.

Entramos en una pequeña joyería junto al puente viejo. Fadila apoya las palmas sudadas en el mostrador. No sé si le habla a la dependienta con autoridad o desprecio, pero su tono de diva estrafalaria me incomoda. La dependienta se agacha y abre unos cajones pequeños a ras de suelo. Fadila se inclina sobre el cristal para seguir sus movimientos. Cohibida, la chica le entrega una bolsa de papel de estraza. Fadila deja el dinero sobre el cristal con un golpe seco.
Al salir de la joyería el calor cae sin piedad sobre nosotras. Fadila parece satisfecha. Me abre la palma de la mano con los dedos húmedos y deja caer una piedrecita del tamaño de una semilla de uva. Ónix, dice palpando el colgante escondido entre sus pechos. Ahora ten cuidado, querida.

8

Europa del Este me recuerda a mi barrio. Esto, que ahora me parece obvio, no lo era en absoluto hace quince años. La ciudad en la que crecí tiene cosas en común con las ciudades del Este que he conocido: alberga una cantidad considerable de gente, pero es periferia. Está cerca del centro cultural y económico, pero siempre fuera de él. Permanentemente ubicada en una distancia focal mareante, cercana pero remota, es lo que hay justo después de la muralla.

El porcentaje de bares y comercios es reducido. Esto hace que desprenda una falsa sensación de pueblo, de gente unida. La sensación es falsa porque ninguno de los elementos que componen lo que se entiende por una vida —el trabajo, los vínculos deseados, las decisiones importantes— suele darse en una ciudad dormitorio. Nos atraviesan grandes infraestructuras que se dirigen hacia otros lugares, polígonos que lo fabrican todo para llevarlo lejos. Algunos acontecimientos históricos sucedieron aquí, pero no parece que tengan mucho que ver con nosotros.

Los bloques de viviendas feos y resistentes, la plaga de coches aparcados, los cañaverales que ya son urbanismo, las malas hierbas que ya son bosque. La convivencia ancestral entre la naturaleza y lo tóxico, en forma de río espumoso o de vertederos silvestres. Todas estas coincidencias en el paisaje son lo de menos. Lo más importante de este tipo de ciudades es el sentimiento contradictorio de sus habitantes, un amor-odio que, si soy justa con el orden de los factores, se parece más a un odio-amor.

Dicen que vengo de un no-lugar. Supuestamente, un no-lugar es un espacio intercambiable en el que el individuo es anónimo. Tiene algo de intemperie, de plantilla replicable. En principio, nadie quiere vivir en un espacio sin intención, meramente utilitario, entre almacenes industriales y en calles vacías con televisores encendidos desde primera hora de la tarde. Nadie quiere vivir en un lugar que no ofrece nada, o nada más que a uno mismo.

El autodesprecio de la ciudad periférica genera actitudes vandálicas de baja intensidad como construcciones sin licencia, huertos espontáneos, trompos en el descampado o pequeños vertidos. Cuando sabes que nadie está mirando y que a nadie le importa, cuando creces sabiendo que el sitio en el que vives es menos valioso que tú, te apropias de él de un modo instintivo. Eres libre sin saberlo. A veces esa libertad se expresa en forma de destrucción y maltrato, o de experimentación y desatención, según se mire. Esto lo he entendido tarde: los agravios ejercidos sobre nuestros barrios son una forma de amor que vuelve a nosotros años después. En el patio trasero de Barcelona donde me crie pude existir desde el aburrimiento más puro, desde un anonimato que ahora me parece tan extraordinario como una cámara de suspensión. Poseía la libertad inconsciente que ofrecen los lugares inaccesibles, los bosques donde caen los árboles que nadie oye. El patio trasero como lugar denostado, almacén de ratos muertos y de objetos que tal vez algún día servirán, es en realidad el museo de una forma de vida.

Mi teoría es que detrás de mi obsesión juvenil por los países del Este se ocultaba el deseo de encontrar un orgullo sobre mis orígenes. Cuando llegué a Bosnia me fascinaban cosas que ya conocía, me atraía su naturaleza híbrida y fronteriza. Después de la desintegración de Yugoslavia, de sus sucesivas independencias y de la guerra civil, los Balcanes se habían vuelto territorios neblinosos para el resto del mundo, difíciles de representar en un juego de adivinanzas si se los comparaba con las identidades nacionales icónicas. Mediterránea pero eslava, musulmana pero alcohólica y abiertamente sexual, Bosnia estaba plagada de contradicciones caprichosas: señoriales edificios austrohúngaros conviviendo con viejas mezquitas otomanas conviviendo con una catedral, conviviendo con gigantescos bloques de estilo soviético, conviviendo con una biblioteca de factura morisca que fue pasto de llamas. Todo ello concentrado en unas pocas decenas de metros en el centro de Sarajevo, antaño conocida como la Jerusalén europea, donde el anarquista enfermo disparó al archiduque precipitando la Primera Guerra Mundial. El resto del país era mayormente rural: aldeas que podrían ser gallegas donde se rezaba a Alá, pueblecitos de aire siberiano donde reinaban los chándales y las águilas imperiales. Un panorama constante de casitas con tejados a dos aguas que parecían dados lanzados sobre un tapete verde. Carreteras con señales de tráfico que cambiaban de alfabeto en cada curva. Identidades rozándose todo el tiempo sin querer, como cuerpos en el transporte público. Esa sensación de entender y no entender, de estar en un lugar complejo que nadie mira, era, comprendo ahora, algo muy concreto que yo había sentido antes.

Había chicas escondidas. Chicas que habían logrado escapar de los traficantes o que habían sido rescatadas por otras mujeres, por una sexagenaria excéntrica. Cuando le pregunté a Fadila por qué el Gobierno bosnio no hacía nada para ayudarlas, esperaba que volviera a reírse de mí, pero dijo que esa era una buena pregunta.

Durante la guerra de Bosnia, cientos de mujeres procedentes de las exrepúblicas soviéticas llegaron al país para ser prostituidas. Muchas fueron vendidas en origen, otras llegaron engañadas con la promesa de un trabajo y una minoría sabía a lo que venía. La presencia de soldados y funcionarios internacionales era descomunal —se llegaron a concentrar ejércitos de cuarenta y ocho países enviados por la OTAN, cascos azules de la ONU, policía europea y trabajadores humanitarios— y sus elevados sueldos fueron un imán para la economía de guerra y el contrabando. Cuando se firmaron los acuerdos de paz en 1995, había novecientos prostíbulos operativos en un país del tamaño de Murcia. Importantes organizaciones de derechos humanos empezaron a publicar informes desgarradores y a definir Bosnia como «el burdel de Europa», poniendo en entredicho la buena imagen del proceso de paz.

En el año 2000 la ONU puso en marcha la misión «STOP» comandada por la periodista Celhia De Lavarene. A base de redadas policiales, los burdeles fueron cerrando uno a uno, pero lejos de desaparecer se volvieron un negocio más estable: Bosnia seguía concentrando tropas y funcionarios internacionales que velaban por la transición del país hacia los requisitos de integración europea, así que la demanda seguía existiendo. Tras las redadas, las mujeres extranjeras fueron deportadas a sus países de origen —devueltas, en muchos casos, a los brazos de quienes las habían vendido—. Ante la falta de proveedores externos, los traficantes bosnios hallaron la solución lógica: empezaron a captar chicas bosnias. Los burdeles apagaron las luces de neón y pasaron a la clandestinidad. El problema ya no era visible, así que las autoridades lo dieron por erradicado. Chicas bosnias: un cambio brusco en la dirección del viento las había vuelto tan codiciadas como invisibles. Era la tormenta perfecta.

Ha tenido que pasar mucho tiempo, y confirmarse el abandono casi completo de mi profesión, para darme cuenta de su naturaleza mágica: el periodismo es un teatro de sombras, una miniatura de la conciencia humana. Recuerdo la adrenalina al ver que todo se alineaba: el amor áspero de Darko, la lección de Fadila sobre las víctimas vivas y una red de casas secretas buscada por el crimen organizado. Mi pasión investigadora me hizo creer en la compartimentación higiénica de la vida. El periodismo se basa en una compartimentación parecida: te hace creer que te enfrentas a la realidad en crudo y que tu función es ser un transmisor lo más honesto posible. Sobre todo, te hace creer que ocupas un lugar humilde, en la sombra, cuando en realidad el periodismo es la forma más elegante de ser protagonista.

Pasé dos años ahorrando y viajando a Bosnia de forma intermitente, impulsada por la ambición periodística. Tenía veintidós años y poseía una historia perfecta y un amor imperfecto —es decir, perfecto—, dos mundos que, estaba convencida, discurrirían en paralelo y sin tocarse, como las dos mitades de una cabeza separadas por una raya impecable.

9

Había quedado con mi padre en la puerta de El Corte Inglés, el lugar que más odiaba de Barcelona. Estos grandes almacenes son un punto de encuentro céntrico y famoso, pero ese no era el motivo por el que mi padre me citaba siempre aquí. Por mucho que detestase la ciudad y ya no se vistiese como un profesor, sino como una especie de montañero urbano, él no era tan distinto de los que esperaban de espaldas a los maniquíes. Mi padre también abría las fosas nasales para aspirar el chorro de aire caliente y perfumado, se dejaba envolver por la voz femenina y entusiasta de la megafonía. En aquella esquina colapsada y absurda, tan supuestamente alejada de sus principios, él también sentía que todo iba bien.

Ese día yo llegaba antes de tiempo para fastidiarle. Más que un enfermo de la puntualidad, mi padre disfrutaba alcanzando la meta antes que nadie. Solía encontrarlo en su pose de entrenador de fútbol —piernas abiertas, brazos cruzados a la altura del pecho—, mirando el reloj muy seguido, cronometrando mis pasos. Acostumbraba a acercarme despacio, sin que me viese —mi padre miraba al frente pero siempre se olvidaba de los lados—. Mi niña, llegas tarde, decía siempre, aunque no fuese cierto. Lo que quería decir es que él había llegado primero.

Por entonces nos veíamos poco, pero ese día batimos el récord: mes y medio desde la última vez. Antes de cada encuentro manteníamos un chat desesperante en el que fingíamos tener una relación normal. Él me mandaba links de canciones que no escuchaba y de noticias que ya había leído, y yo le contestaba con corazones y palabras dulces, gracias papito, un beso papito. Nos decíamos cuántas ganas teníamos de vernos, hoy no puedo, pero te quiero mucho mi niña, y yo a ti mi papito. Siempre llegaba un punto en el que empezaba a chantajearme y el chat se volvía insoportable: Solicito audiencia con su majestad, ya sé que soy un viejo aburrido y que estás muy ocupada con asuntos más importantes. Pobre abuelo, nadie le hace caso. Era entonces cuando quedábamos en la puerta de El Corte Inglés.

Le vi cruzar el paso de cebra con sus andares marciales. Hacía tiempo que había cambiado el portafolios por una mochila, los zapatos de piel por unas chirucas y las camisas por forros polares finos. Ahora era profesor de español para guiris, pero no hacía mucho era un profesor de español bastante prestigioso. Además de trabajar en una importante escuela de idiomas, daba clases particulares a algunos famosos y a hombres de negocios, sobre todo japoneses. A veces los invitaba a casa a comer paella y yo tenía que ponerme un vestido de flamenca y estar contenta. Mi padre me lo especificaba porque odiaba mi forma de mirar —¿qué coño te pasa?, ¿por qué pones esa cara de asco?—. Según él, fulminaba a los demás con la mirada. Para estar contenta me bastaba con concentrarme en los obsequios que traían los japoneses: aperitivos salados con olor a pescado, cuencos de madera y calendarios con dibujos de hombres gordos con peinados raros. Un día mi padre dejó su trabajo de profesor porque unos holandeses compraron la escuela donde trabajaba y él no pasaba por ahí, se fue de inmediato. Empezó a enseñar a jóvenes turistas en un piso del centro con aulas masificadas. En verano daba clases en una azotea, bajo una carpa de plástico, y los ojos se le llenaban de venitas rojas.

Corrí para alcanzarlo antes de que llegase a la acera de enfrente. Ah, ya estás aquí, dijo con decepción, lo cual me satisfizo. Me dio un abrazo breve, nuestros cuerpos nunca llegaron a tocarse. Vamos, vamos, me apuró, y empezamos a caminar rápido en dirección al Bracafé. Mi padre no sabía pasear, no sabía andar despacio. Veía nuestras siluetas fugaces al pasar frente a las puertas de cristal. Si alguien leyera los últimos mensajes que mi padre me había mandado, pensaría que me iba a recibir con un gran abrazo y que me habría mirado bien la cara. Sin embargo, sabía que en ese momento ya se había cansado de mí. Conmigo le pasaba lo mismo que le pasó siempre con sus amantes: cuando aún no estaban bajo su influencia se mostraba amable y seductor, todo era un *crescendo* de bromas y halagos hasta que se las follaba. Después algo se apagaba en él, como si se aburriese de golpe. Yo sabía que con saludarme en la puerta de El Corte Inglés mi padre había tenido suficiente. Ese había sido nuestro polvo.

El suelo del Bracafé estaba lleno de tíquets y olía a chocolate a la taza. Nos sentamos en la mesa de siempre, redonda y de mármol, junto a la ventana que daba a la calle. Toqué la piedra fría con mis manos sudadas. Bueno, cuéntame, ¿qué tal todo? Le conté que me había comprado un portátil para trabajar en mi investigación sobre el tráfico de mujeres en Bosnia, que creía que iba a ser algo grande. No me cabe ninguna duda de que será importante, mi niña. ¿Te apetece un suizo con nata? Siempre me preguntaba si quería un suizo con nata. Deseaba verdaderamente que me pidiese un suizo con nata porque a él de pequeño le encantaban, eran una fiesta todos los domingos, los suizos con nata. Cada vez que me lo preguntaba sentía que mi padre quería llenarme la garganta con una masa blanca que me saliese por la nariz y me dejase sin habla. Puede que sólo necesitase rememorar una y otra vez uno de los pocos momentos felices de su infancia. No me gustan los suizos, respondía siempre, también ese día. ¿Ah, no? ¿Cómo puede no gustarte un suizo con nata? Bueno, bueno, tú misma.

Cuando mi hermano y yo éramos pequeños, algunos domingos mi padre nos traía un brioche con nata para desayunar. Iba a buscarlo expresamente a la pastelería y volvía ufano, con el periódico bajo el brazo y el paquete en forma de regalo colgando del dedo. A nosotros los brioches con nata nos hacían vomitar. Una vez mi madre trató de explicárselo, pero él se lo tomó mal, así que algunos domingos mi hermano y yo nos pasábamos más de una hora en la mesa de la cocina con la cabeza apoyada en la mano, aplastando la nata con una cuchara para que el brioche la absorbiera. Mientras tanto, mi padre leía el periódico en el comedor. A veces a uno de los dos nos entraban ganas de llorar y le decíamos a mi madre: Es que ya no puedo más, y ella lo solucionaba de alguna manera que no veíamos, y nos íbamos corriendo por el pasillo. Era pequeña cuando aprendí que mi padre vivía en un mundo que era solamente suyo y que era mejor colaborar en que ese mundo siguiera existiendo.

Cuando le expliqué cómo me iba en la redacción del periódico gratuito en el que trabajaba, empezó a alejarse. Frunció el ceño en un gesto de concentración y me miraba sin enfocar los ojos: se le quedaron fijos en algo que estaba en la misma dirección que mi cara pero no era mi cara. Empezó a pronunciar sonidos como «mhm» y palabras como «claro». Mi padre no conseguía escucharme ni siquiera cuando nos encontrábamos durante treinta minutos una vez al mes. Su atención era frágil, pero no porque creyese que lo que le estaba contando era poco interesante o porque no quisiera saber de mí, sino porque sus pensamientos sonaban mucho más fuerte en su cabeza. La gente no se daba cuenta de que mi padre era capaz de mantener una conversación con la atención distribuida en distintos canales. Lo único que funcionaba para conectar con él era hablar de lo que él quería. Por entonces ese tema eran las hipotecas *subprime* en Estados Unidos. La fiscalía del país trataba de esclarecer si los bancos cometían un delito al conceder un préstamo que sabían que sus clientes no podrían devolver. Aquella mañana mi padre había propuesto un ejercicio en clase: los alumnos tenían que organizarse en parejas y ponerse en la piel de un banquero y de una mujer de Nueva Orleans que lo había perdido todo por el huracán Katrina. Tenían que luchar por sus intereses opuestos usando el lenguaje que utilizarían esas dos personas. Al final, la clase de español se había convertido en una crítica al sistema financiero. Sus alumnos le adoraban.

Recuerdo que pensé que mi padre se estaba descoloriendo. Le había salido un anillo grisáceo en el iris y tenía el pelo cada vez más blanco y mustio. Mi padre se estaba descoloriendo y me daba igual.

Hubo una vez en que me escuchó con toda su atención, y que recordaré siempre: el día que leyó mi diario. Yo tenía la costumbre de escribir mis secretos en cuadernos con candado y llavecita. No había terminado las páginas del último cuando se rompió la fijación que sujetaba el candado. Cuando terminaba de escribir hundía el diario entre mis dos libros más voluminosos, *El gran atlas de los simios* y un libro de ilustraciones de Quino.

Cuando mi padre me llamó yo estaba en el otro extremo de la casa. Noté algo extraño en su voz: su tono no era de contento o enfadado, sino un término medio desconocido para mí. Lo encontré sentado sobre la colcha rosa de mi cama. Sus rodillas se tocaban. Sus rodillas nunca jamás se habían tocado. La visión de mi diario en sus manos me cegó, me llenó de una ira purificadora: mi padre había hecho algo muy malo. ¿De verdad piensas eso de mí?, preguntó con la boca estirada, con una sonrisa llena de pena. Se refería a un párrafo en el que le llamaba GI-LI-PO-LLAS por no haberme dejado ir a la feria con mis amigos. Ese día mi padre me miró a los ojos y esperó todos los segundos que hicieron falta para oír mi respuesta. Le dije que me había traicionado y nunca volví a escribir un diario.

En nuestro anterior encuentro había querido demostrar empíricamente que mi padre no me escuchaba. Cuando llegué a su piso llevaba puesto el delantal. Siempre empezaba a cocinar antes de que llegase porque quería cenar inmediatamente e irse a la cama pronto. Como él decía: horario europeo. Yo estaba apoyada en el marco de la puerta porque su cocina era pequeña y no ventilaba bien, y mi padre siempre freía hamburguesas y fránkfurts y filetes de los que se encogían y todo se llenaba de humo. Sonrió y me preguntó qué tal todo, y yo le empecé a contar. Le dije que había descubierto algunas cosas interesantes relacionadas con mi investigación —concretamente, con el periodo de posguerra—, que iba a volver a Bosnia al cabo de un par de meses si lograba ahorrar. Cuando empezó a fingir la escucha, sustituí mis palabras por palabras sin sentido. Dije: Y bueno, cactus cactus. Por eso a veces cactus. Mhm, dijo, claro. No sé por qué elegí esa palabra. Sé que el cactus era el icono que seleccioné para que me representara en mi nuevo portátil.

Quizá se tratase simplemente de eso, del inicio de sesión con un nuevo sistema operativo con el que pudiera hacer más cosas, como dejar de ver a mi padre.

Él no sabía que yo lo sabía: mis padres llevaban poco tiempo de casados cuando mi madre notó que había algo entre él y una compañera de universidad. En las reuniones con amigos había miradas y electricidad entre ambos. Mi padre daba clases particulares al hermano pequeño de ella y pasaba largos ratos en el piso familiar. Un día, mi madre se los encontró saliendo por la puerta de nuestra casa. Ella tenía el pelo mojado, como recién salida de la ducha. Otro día, durante una comida con amigos, alguien hizo una broma y anunció que mi madre estaba embarazada. La cara de la chica se volvió gris y se agrietó como una roca. Ese día mi madre confirmó sus sospechas sobre las infidelidades de su joven marido. Todo esto sucedió poco antes de que yo viniera al mundo, pero mi madre me lo contó mucho tiempo después, cuando yo ya tenía dieciséis años y mi hermano trece, cuando finalmente decidió separarse de mi padre.

A partir de ese momento, mi madre me contó muchas cosas. Me habló de otras mujeres, dijo quién sabe cuántas más habrá. Conservé escrupulosamente cada una de esas informaciones en mi memoria, excepto estas, que al parecer modifiqué durante un sueño, hasta convertirlas en una única escena. En mi falso recuerdo, mi madre, embarazada de mí, entra por la puerta de casa y descubre a mi padre en la cama con una amiga en común. Mi madre tiene el vientre muy abombado. Lleva una camiseta de flores con volantes en los hombros y una cesta de mimbre en la mano. Al fondo, a plena luz del día, las piernas musculosas de mi padre entrelazándose con las de otra mujer, entre las sábanas con iniciales bordadas.

Dice mi madre que eso nunca sucedió. Me pregunta cómo he podido fabricar un recuerdo tan detallado. La única explicación que se me ocurre es que en ese sueño yo estaba presente de algún modo, protegida por el vientre de mi madre; que yo siempre supe que mi padre tenía otros amores, otras vidas, que no nos quería del mismo modo. Siempre lo supe pero fue mucho más tarde cuando pude verlo con mis ojos.

10

Darko se ha ido sin contarme nada de la guerra. Ha vuelto a Barcelona con su familia y yo me he quedado en su país haciendo mi trabajo. Me gusta cómo suena: mi trabajo. Tres veces le pregunté cosas de la guerra, siempre después de follar, cuando llevábamos un rato aspirando el perfume mezclado de nuestras pieles y mi voz era más dulce, es decir, cuando era más difícil que se enfadase. No funcionó. Darko no me contó nada, aunque tampoco se enfadó: sólo me dio largas. Es como si hubiese envasado al vacío ese apartado de su memoria y los recuerdos siguieran intactos pero ya no pudiera olerlos, ni tocarlos ni le hicieran sentir nada.

Soy una rata morbosa, una rata que no puede dejar de seguir el rastro de la guerra sólo porque nunca ha olido algo así y no sabe lo que es. Los cementerios de los parques y las historias tristes de sus vecinos parecen afectarme más a mí que a él: el colmo de la impostura. Pero es que cuando lo veo dormir, cuando tengo su cara tan cerca que casi puedo conocerle, no puedo dejar de pensar que sabe lo que es el miedo de verdad, que posee una sabiduría profunda sobre el mundo que yo nunca tendré. Darko se ha asomado al abismo, ha visto lo que hay. Eso me hace quererlo más, el hecho de que conserve esa piedra negra dentro de su cuerpo. Me hace querer abrazarlo y no separarme nunca, pero no para consolarlo, sino para que me transmita un poco de esa negrura.

En todo este tiempo Darko sólo me ha contado una cosa de la guerra. Tenía unos cinco años cuando ocurrió. Una mañana entró descalzo a la cocina y una mancha negra y rápida cruzó la ventana que da a la calle, obstruyendo la luz por un instante. Necesitó un momento para procesar lo que acababa de ver: tres hombres con pasamontañas. Iban vestidos con ropa normal pero llevaban pasamontañas negros y cruzaron el recuadro de la ventana con energía, como si se dirigieran a una casa cercana. Fue sólo un segundo, un *frame*, pero Darko tuvo pesadillas durante semanas. Cómo decirle que he soñado su sueño y que ese instante de terror ya forma parte de mí, ya navega en mi sangre.

11

Fadila avanza a trompicones por una calle desierta. Corre con las gafas de sol a punto de precipitarse desde la punta de su nariz, con el bolso abierto y los codos en alto. Su pelo es una llamita roja que se apaga por momentos, bañada en sudor. Me pide que me dé prisa y que haga el favor de no llamar la atención.

Por un lado, es cierto que Fadila dirige la filial bosnia de una organización holandesa que atiende a víctimas de tráfico —su nombre aparece en la web—, pero, por otro, es evidente que vive inmersa en una película de acción dirigida y protagonizada por ella misma, en el papel de heroína total. Creo que quiere impresionarme, y quiere impresionarme porque me ha pedido un favor: Fadila necesita traducir al español su proyecto Hotline, dos páginas de Word sobre una línea de atención telefónica para las víctimas de tráfico dispuesta por su organización. Quiere contratar más operadoras para que el servicio sea realmente efectivo, y para ello va a solicitar financiación a la Agencia Española de Cooperación. Fadila está contenta con España. De hecho, vamos de camino a su nueva oficina, financiada por el Gobierno valenciano.

Doblamos la esquina y entramos en un callejón en obras. Fadila me empuja contra la pared. Tras un momento de desconcierto, me impulso para empujarla de vuelta, pero entonces un rottweiler se abalanza sobre la reja que nos separa del solar. El perro ladra sobre dos patas, con las pezuñas ancladas en los alambres. Fadila avanza pegada a la pared, como un dibujo animado que hace equilibrios en una cornisa. Me desquicia que con ella todo sea sobreactuado, exagerado hasta el ridículo, pero tampoco puedo acusarla de vivir en una fantasía porque los ladridos del animal son insoportables, más insoportables que cualquier alarma, porque está vivo. El eco cavernoso de su cólera me paraliza. Fadila llega a una puerta blanca y estrecha. Saca de su bolso una cinta azul atada a una llave. La mete en el cerrojo pero no gira. Es demasiado nueva, dice. Se apoya en la puerta y empuja. El perro empieza a ladrar más fuerte. Quiero suplicarle a Fadila que nos vayamos, pero entonces sus mejillas vibran y la llave da una vuelta.

Está oscuro y huele a una mezcla de pintura y comida quemada. Hay sillas y mesas dispuestas aleatoriamente, como los autos de choque cuando el turno termina y se corta la electricidad. Sobre las mesas hay archivadores de cartón y torres de folios. Algunas torres se han caído y se extienden como barajas. Fadila lanza el bolso a una mesa en la que hay una orquídea blanca de plástico. De la oficina sale un pasillo estrecho en cuyo final me parece ver luz. Esta es Aida, nuestra psicóloga, dice Fadila. Cuando me giro, delante de mí hay una mujer de mi altura con pelo corto y de color rubio platino. No sé de dónde ha salido. Me da la mano floja y cruza los brazos. Miro la luz del fondo del pasillo, entonces la mujer, Aida, cierra la puerta de golpe. Vuelve a cruzar los brazos.
Fadila me entrega unos folios grapados y se gira para buscar algo en su bolso. Les hacemos unos test a las chicas cuando llevan un tiempo a salvo, dice. Lo hemos comprobado: no tienen autoestima. Aida hace ademán de quitarme los folios, pero entonces Fadila se vuelve hacia nosotras y Aida se lleva la mano a la nuca. Disimula

fatal. Léelo, me ordena Fadila. Paso unos folios y elijo dos preguntas al azar.

Pregunta 10: «Si la gente de tu alrededor está nerviosa, ¿tú también?».

Pregunta 36: «¿Te gustaría esquiar muy rápido por una montaña muy alta y llena de árboles?».

Con esta pregunta podemos detectar tendencias suicidas, dice Fadila mientras se cuelga el bolso y se dirige hacia la puerta de la calle. Aida me arranca el cuestionario de las manos. Los traficantes destruyen la autoestima de las chicas antes de prostituirlas, continúa Fadila, por eso las enganchan a las drogas o las involucran en la venta de alcohol o tabaco ilegal, para que sientan vergüenza de ellas mismas. Mientras habla, Aida y yo nos miramos en otro plano de realidad, como si Fadila fuese la profesora que escribe en la pizarra y nosotras dos alumnas cuya enemistad es mucho más importante y real. ¡Fadila, Fadila!, ¡Fadila, Fadila! Suena un móvil. El tono es una voz grave de hombre que llama a Fadila. ¡Fadila, Fadila! Lo saca del bolso y mira la pantalla. Es su marido, me aclara Aida. Fadila cuelga la llamada. Ahora voy a buscar una sorpresa, dice empujando una silla de oficina hacia mí. Tú siéntate aquí. Obedezco y entrelazo las manos sobre mis muslos, tratando de encarnar a la alumna obediente. Fadila le manda a Aida que vaya preparando los capuchinos y sale a la calle dando un portazo. Aida desaparece por el pasillo, dejándome sola.

Estas tías están locas, pero eso no tiene por qué ser malo. Se nota que Fadila hace un esfuerzo por parecer profesional y que no lo logra. Quizá ese sea el motivo por el que acude a las piedras, al feng shui y a las orquídeas de plástico, para acercarse a una idea de armonía que le es completamente ajena. Si quiero que Fadila me deje entrar en una casa secreta no puedo actuar como una periodista profesional, tengo que hacerme la niña tonta y dejar que me adopte, me sermonee, me proteja. Tengo que entrar en este mundo supuestamente peligroso, caótico y cursi de mujeres salvadoras, y hacerle creer que ella es mi guía, mi maestra.

Aida vuelve con una bandeja. Cierra la puerta con un golpe de talón. Tres tazas de agua caliente, tres cucharas de plástico y tres sobres de capuchino instantáneo. Mientras los deja sobre la mesa, intento recordar cómo era la pregunta sobre esquiar en la montaña llena de árboles. Imagino a una esquiadora, una chica en pijama y con el pelo sucio. Se desliza en línea recta entre los troncos. Tiene las mejillas rosadas y los ojos llorosos, no sé si por el frío o por su acto suicida. Para ahuyentar a Aida, saco el cuaderno y empiezo a anotar estas imágenes, pero logro precisamente lo contrario, porque se acerca y levanta el dedo índice sobre mi cabeza. Cuando está a punto de hablar, una gran franja de luz procedente de la calle nos separa. Fadila entra en la oficina como un oso al que le acaban de disparar un tranquilizante: se tambalea, resopla, sostiene en alto una bolsa de plástico azul que parece contener algo vivo. Coloca el contenido junto a la orquídea. Es una masa blanca e informe del tamaño de un cerebro, recubierta de plástico transparente. No es una coliflor. Con las manos temblorosas, Fadila agarra el bulto y clava unas tijeras de oficina en el centro. ¿Sabes? Estoy haciendo régimen. Este queso es muy ligero, se come con las manos. Raja el paquete con ansiedad y se lleva un pellizco blanco a la boca. Antes de que diga nada —antes de que me escupa grumos a la cara—, cojo yo también un trozo.

Disolvemos el capuchino en polvo, formando un corro de sillas de oficina. El queso sigue reventado junto a la orquídea. Fadila ya no le hace caso, parece que tiene todo lo que quería y ahora está tranquila. Enciende un Slims. ¿Lo ves?, reunión de chicas, dice. Muchas gracias por este recibimiento, respondo. El queso está delicioso, me gustaría llevarme un poco a Barcelona. Claro, querida, yo te acompañaré. ¿Puedo preguntarte algo? Fadila asiente mientras bebe de su taza. Dijiste que en las casas secretas no entran hombres ni espejos, me gustaría saber por qué. Escúchame bien, las niñas tienen muy poca autoestima, te lo he dicho, se odian a sí mismas. Dios mío... Fadila mira al techo y niega con la cabeza. Ese día... Dios mío. Fui al dormitorio de una de las chicas y vi restos blancos en el suelo. Fadila mira a Aida, que dice con hartazgo: restos de pintura. Restos de pintura. Vi restos de pintura al lado de la pared. Había un póster..., cómo se llama esa artista. Christina Aguilera, dice Aida. Levanté el póster de Christina Aguilera y... Dios mío, la chica había estado cavando un agujero con una cuchara.

Visualizo un pequeño agujero en una pared lisa y blanca. Imagino el placer de abrirlo poco a poco, moviendo en círculos una cucharilla de postre. Una montañita de yeso va formándose en el suelo. Hay algo estremecedor en la escena, algo que nunca he visto pero que me resulta familiar. El túnel me transporta a mi mejilla adolescente quedándose pegada al póster de mi habitación. Tan cerca que puedo ver la trama de puntos de colores que forman a Brad Pitt. Nunca pensé en el póster como una cortina, como un pasaje hacia otro mundo.

Se oye un golpe en el piso de arriba. Aida fija la vista en el centro del corro y sus dedos se aferran a la taza lentamente, como las patas de una araña. Miro hacia el techo y después a Fadila, que expulsa el humo invisible de su palito de tabaco y entorna los ojos como una diva. Supongo que ya puedes saberlo: Bienvenida a la casa secreta.

12

Me sorprende que su madre lo llame «edificio basura», pero me sorprende aún más que sea verdad. Esquivo tres excrementos cubiertos de plumas blancas a lo largo de la escalera. Las paredes de los rellanos están tan rayadas y ennegrecidas que da la sensación de que allí vive un tigre abandonado. Es la primera vez que Darko me invita a su casa de Barcelona desde que volví de Bosnia. Su casa no está en Barcelona sino en Calella de la costa, que no está en la costa sino detrás de la autopista que parte el municipio en dos. Darko y su familia viven en un bloque de viviendas de protección oficial construido sobre una loma de tierra dura.

Cuando me ve aparecer por la puerta, su madre da un brinco en el sofá. Se le cae la ceniza del cigarro y se sacude el pantalón blanco, a juego con su chaqueta. Su madre lleva uniforme y el pelo recogido en una cola en forma de pompón. Guapa, ¡no sabía que venías! Siéntate aquí conmigo. Qué te ha parecido el edificio basura. Asqueroso, ¿eh? Sonrío con resignación, exculpándola. A medida que me acerco al sofá, empiezo a notar un olor cargado, como de falta de ventilación. Está sucio, pienso. También pienso que nunca he pensado nada parecido de la casa de nadie. El salón es normal —gotelé, pantalla plana, flores secas demasiado secas— y con un ligero desorden, pero al suelo se le intuye una especie de textura. Las esquinas del comedor se oscurecen, indicando que no hay que mirar. Entonces, un pensamiento en forma de escalofrío: en Catalunya, Darko y su familia no son refugiados de guerra interesantes y sombríos, sino solamente inmigrantes pobres.

Darko aparece y me da una sonora palmada en el culo, avergonzándonos a su madre y a mí. Para salir de la vergüenza, me pongo de puntillas y aprieto los labios para que me dé un beso, y me lo da. Su madre me vuelve a pedir que me siente con ella, me ofrece tabaco, café, té. Darko tira de mi brazo y yo exagero el tirón poniendo cara de excusa, mientras por dentro agradezco que me saque de ahí. Su madre insiste, esta vez enfadada —¡déjala que se siente!—, entonces él grita: Vete a currar y róbate unas pastillitas, que es lo que más te gusta. Venga, díselo, dile lo que te robas en el geriátrico. Cállate, dice ella, dando una calada y una bofetada al aire, aunque detrás de la calada hay un principio de sonrisa.

Ante la puerta de su dormitorio, tengo miedo. Todo está siendo peor de lo que había imaginado y por un momento me espero algo horrible. Por eso cuando veo su dormitorio atiborrado pero pulcro, la colcha sin una arruga, siento alivio. En la habitación de Darko dominan los colores verdes y los homenajes a la marihuana. A un lado y a otro hay estanterías que cubren las paredes, llenas de cajas industriales, torres de CD, cables enrollados. Parece una civilización suspendida en el aire, una ferretería en el bosque. Todo lo ha hecho él, incluido el somier y una plataforma giratoria a la altura del colchón sobre la que descansa el ordenador de sobremesa. No hay escritorio.

Por el ansia de absorber toda la información posible nada más cruzar el umbral de la puerta, no me percato del objeto más grande y extraño de la habitación. A escasos centímetros de mí cuelga un mono militar entero, expuesto como en un museo. Es un hombre sin manos, ni pies ni cabeza. Es de aviador, del comando de Ilidža, dice Darko mientras cierra varios pestillos de la puerta —pestillos que entiendo más que nunca—. Me acerco a los pocos libros que veo en una de las estanterías, cuatro tomos rojos que resultan ser una enciclopedia sobre armas. ¿Te gustan las armas?, pregunto, tratando de contener la impresión. Quiero saber cómo funcionan, responde Darko. ¿Y este? Parece un libro bosnio de matemáticas. Es de mi padre. Es ingeniero mecánico, aquí no tiene el título pero las fábricas le piden máquinas. Si tiene mucho curro, yo le hago los planos. Un momento: ¿tú le haces los planos a tu padre? Sí. ¿Os inventáis máquinas desde cero? Sí. Y cobramos en negro también, ríe. Bueno, cobra él, el hijo de puta.

El amago de escalofrío se esfuma como una nube tonta. Es posible que Darko sea mi opuesto: sin estudios, sin reconocimiento y con habilidades desarrolladas a partir de la intervención directa. Una inteligencia bruta. Es lógico que me parezca tosco a veces, que no lo entienda. En realidad sólo debo tener paciencia y todo irá encajando y poniéndose en movimiento, como un pequeño engranaje.

Pone música y me empuja contra la cama. Cuando estiro las piernas sobre el colchón, dice: Loca, qué haces, y empieza a quitarme las zapatillas. La postura me llena de satisfacción: él de pie sujetando mis piernas, descalzándome para que no le ensucie la cama. Yo, cenicienta descuidada. Él, príncipe pulcro y manitas.

Apoya la cabeza en mi vientre y empieza a liarse un porro. Sobre el colchón, un platito para los restos. Doy unas caladas profundas, expulso el humo con plenitud. De nuevo esa sensación de libertad encerrada en su habitación, acompañando su silencio. Deslizo la mano bajo su camiseta y le acaricio el pecho. En la distancia, su pene crece bajo el pantalón. Da la última calada y apaga la colilla. Con un solo gesto, levanta un lado de mi camiseta y un lado del sujetador. Cierra los ojos y empieza a sorber mi pezón. La cabeza se me cae hacia atrás. Cierro los ojos e imagino que mi leche le alimenta formando un círculo blanco; un río de calcio y huesos, de historia compartida.

13

El ciber es mi balneario, el único sitio de Mostar donde tengo cierta intimidad. Y no porque sea un lugar tranquilo: está lleno de niños. Los clientes de este local ubicado en un tercer piso tienen entre cuatro y diez años y comparten refrescos de naranja en botellines con forma de biberón. Pasan las horas tecleando comandos, arrodillados sobre las sillas de oficina, con unos cascos endebles que no se ajustan a sus orejas, pasándose el biberón sin parpadear. El que va en pijama es el más pequeño de la tribu.

En el ciber soy la única mujer y la única adulta, sin contar al chico que coge las monedas en la entrada. Además de cobrar por el uso de los ordenadores, custodia el secreto de sus clientes, que a estas horas tendrían que estar en la escuela. Siempre me asigna un ordenador alejado de los niños. Por eso antes de ocupar mi sitio doy un rodeo y espío sus partidas de *Counter-Strike*. Me gusta deslizarme lentamente por detrás de sus respaldos, guiñar un ojo y hacer encajar sus cabecitas con los cuerpos hipertrofiados de la pantalla —cabeza de niño, brazos musculosos sosteniendo un arma—.

Abro el correo. Como siempre, sin mensajes de Darko, tampoco en Facebook. Desde que se fue hace seis días no me ha escrito ni una sola vez. Como siempre, un mail de mi padre que no abro, cuyo asunto contiene una palabra que no quería leer y que ya he leído. Como siempre, hago clic en el mail que me autoenvié antes de venir a Bosnia.

Contiene mi foto preferida de Margaret Moth, la mítica camarógrafa neozelandesa que cubrió la guerra de Bosnia. En ella, Margaret aparece de medio cuerpo cargando al hombro una cámara de vídeo anticuada y voluminosa. Hay algo en su ligera sonrisa, su mano firme agarrando el asa y su movimiento hacia adelante, que me hace pensar en una giganta que camina entre edificios sin derribarlos, edificios que no salen en la fotografía. Sólo necesito mirarla un segundo para que Margaret me inyecte su actitud segura y serena, y me recuerde por qué estoy aquí. Como siempre, cierro el correo y lo marco como no leído.

Desde que estoy en Bosnia, mi padre me escribe casi cada día y quiere que le responda lo antes posible. De lo contrario, empieza a pensar que estoy tirada en una cuneta. A dos mil kilómetros de distancia mi padre lee atentamente cada una de mis frases, por telegráfica que sea. Estudia mis palabras. A veces nombro un pueblo o unas siglas y en su siguiente mensaje me manda un párrafo y un link sobre ese tema. Mi niña, dice, soy tu machaca, aquí estoy para ayudarte en tus investigaciones. Durante el tiempo que hago durar mi silencio, le envío mentalmente imágenes de moscas caminando por mi cara.

Mi padre odiaría el ciber. Abriría las ventanas de par en par y diría que aquí hay que ventilar, que estos niños tendrían que estar en la calle correteando tras una pelota, no encerrados frente a un videojuego. Mi padre diría que es muy triste que los niños estén jugando a la guerra cuando en Mostar las consecuencias del conflicto aún son tan visibles. Pero yo entiendo a los niños, papa, yo entiendo este Nunca Jamás. La guerra es de sus padres y de sus abuelos, ellos no habían nacido o eran bebés cuando estalló y sin embargo viven sumidos en su polvareda. Los niños del ciber son musulmanes. Según me contaron el otro día en la escalera —estaban en su pausa de comer ganchitos paprika— nunca cruzan el puente, no saben cómo es el lado croata de la ciudad. Viven en un mundo virtual creado por los adultos con los recuerdos de los adultos. Por mucho que muevan sus piernas para atravesar el puente, una pared pixelada se lo impide. Corren sobre sí mismos hasta que se cansan y deciden darse la vuelta. Por eso vienen al ciber y juegan durante horas al *Counter-Strike*: buscan una experiencia sin intermediarios. Por mucho que te cueste entenderlo, esa experiencia directa está en este piso clandestino con olor a sudor infantil, está en las pantallas conectadas a sus cabezas.

Abro el correo de mi padre pero no lo leo, sólo miro. Sin embargo, la palabra impacta en mi mente como un símbolo. No lo soporto, me da un asco infinito. Golpeo el ratón contra la mesa y el chico de las monedas levanta la cabeza por encima de su pantalla. No soporto que mi padre haya vuelto a llamarme Polilla ahora que estoy lejos. Sabe lo que esta palabra significa para mí, la usa para chantajearme. A decir verdad, no sé de dónde sacó el mote, pero siempre me gustó la forma en que sonaba en su boca barbuda. Cada vez que mi padre me llamaba Polilla yo me sentía como Campanilla. Me veía a mí misma como un hada testaruda con un minivestido de hojas verdes. Hasta que un día me di cuenta de mi confusión: la palabra hacía referencia a un insecto grisáceo y peludo que se estrella contra cualquier superficie que lo separe de la luz. No le conté a nadie mi descubrimiento.

Durante las noches de verano en el camping, cuando nos mandaban a la cama pero no podíamos dormir, mi hermano y yo observábamos las polillas hasta quedarnos dormidos sobre el colchón hinchable. Sin descanso, las polillas daban vueltas alrededor de la bombilla que colgaba del vértice más alto de la tienda. Oíamos cómo se churruscaban contra el cristal y caían en la lona con un golpe seco. Tras unos aleteos agonizantes, las más tozudas volvían a alzar el vuelo hasta que se oía el crujido definitivo sobre el cristal. Mi hermano se reía y decía que eran tontísimas. Yo también me reía, pero decía que en verdad se querían suicidar. Estaban cansadas de dar tantas vueltas, por eso volvían una y otra vez, hasta el final.

14

Me agarra el cuello y yo le agarro la muñeca. Yo misma me sorprendo de mi movimiento rápido, de mi voz grave: el cuello no. Vale, vale, tranqui... Aunque se ríe, él también está sorprendido.

Acabo de descubrir que no me gusta que Darko me agarre el cuello. Me gusta cuando se tumba sobre mí y puedo sentir su peso y oler su hombro y acariciar sus dorsales en movimiento. Más que su polla, lo que me gusta es sentir su deseo embistiéndome. Al principio siempre me hace un poco de daño, luego lubrico y deja de doler.

Hoy es un día importante porque es la primera vez que duermo en su casa de Calella. Primero follamos y después vamos a la playa porque hay una batalla de gallos. Ahí estarán algunos amigos suyos para ver la batalla de rimas.

Sopla el viento y la playa está vacía. Junto a las tumbonas amontonadas hay un corro de jóvenes con capucha. Nos unimos al grupo sin decir nada: los raperos no saludan, llegan cabizbajos y a los pocos segundos aparecen manos y puños esperando ser chocados.

Me quedo cerca, un paso por detrás de Darko. Sé cómo debo comportarme porque mi mundo no es tan distinto del suyo. Aunque me haya sacado una carrera, sé cómo funcionan los polígonos y los escupitajos que marcan el tiempo. Conozco la etiqueta del chándal, los cordones abiertos, los perros tristes que parece que sonrían con sus mandíbulas derretidas. Sé de jóvenes que murieron en accidentes de tráfico y jóvenes que casi murieron y ahora tienen franquicias y casas unifamiliares gracias a las indemnizaciones. Me gustaría que Darko entendiera que no soy ninguna blanda, que aunque no somos iguales, somos de la misma especie. Yo misma dudo de ello a veces, como ahora, que el viento levanta la arena y me hace apretar los ojos entre tanto encapuchado.

Se oye un aplauso y el corro se mueve. La gente hace sitio y entonces aparece su ex, en silla de ruedas. Darko estira el cuello. Cuando empieza a rapear, sonríe con orgullo. Es como la había imaginado, como en sus fotos de Facebook: una ninfa de pelo lacio cayéndole por los hombros desde el interior de la capucha. Labios oscuros, camiseta de tul, pantalón de chándal ancho, perfectamente colocado en sus piernas quietas. La enfermedad le desencaja ligeramente el rostro, le da un halo de cerámica extraña. Imagino a Darko apretando los tornillos de su silla, recostándola en la cama. La mujer máquina, la mujer quieta: hecha a su medida.

Átala bien, dice Uri. Pero antes de que Uri diga nada, es casi medianoche y Darko y yo estamos apoyados en el maletero de su coche, que tiene las puertas delanteras abiertas y los faros encendidos. Uri es uno de sus mejores amigos. Tuvo un accidente de tráfico y desde entonces tiene algunos problemas para hablar, por eso no estaba esta tarde en la playa, por eso no sale mucho. Lo que le gusta a Uri es conducir de noche por la carretera de Tossa. Ya, el tío no aprende, dice Darko, pero es muy buen conductor, ha hecho varios rallies. ¿Dónde está la carretera de Tossa?, pregunto. Man, no conoce la carretera de Tossa, le dice a Uri, que está inspeccionando el parachoques y no contesta. Yo tampoco le hago caso a Darko: desde que la he visto en la playa, sólo puedo pensar en su ex. Pienso tanto en ella que siento que su silla de ruedas está viniendo hacia mí. Me alejo con la excusa de ir a comprar tabaco. En el bar, me trago el llanto y miro a los hombres agarrados a sus vasos de tubo. Si está conmigo, por algo será.

Átala bien, dice Uri cuando me acomodo en el asiento trasero. Siéntate en el centro, me pide Darko, pero ya estoy en el centro. Más en el centro. Agarra los cinturones de cada lado y los cruza por encima de mi pecho, mete las hebillas en los cierres opuestos. Oye, no respiro bien. Esa es la idea, responde Darko. Cierra la puerta del copiloto, mira a su amigo y se enciende un cigarrillo. ¿Es realmente necesario? Veo sus ojos a través del espejo: está excitado. Uri responde a mi pregunta con un golpe de nuca.

En cuestión de segundos intento prepararme para lo que vendrá. Primer frenazo en la rotonda, y a los pocos metros, primera caída, el Dragon Khan: mi cuerpo flotando en el vacío, despegándose de su propio peso. Bandazo a la derecha, bandazo a la izquierda. Susto. Otro susto. Por qué. En el retrovisor, los ojos apagados de Uri, sin ganas de vivir. El motor se encabrita y mis extremidades centrifugan: mi cuero cabelludo tira para separarse de mí, mis órganos hacen cola para salir por mi boca. Sólo veo dos faros, siento que chocamos en cada curva. No puedo gritar. Gimo, aprieto los dientes, el abdomen. Los cinturones me sujetan el corazón, pero mi alma ha quedado atrás. Soy una muñeca anclada en el retrovisor de un camión que se precipita al mar, un mar que no llega nunca. ¡Es una buena forma de morir!, grita Darko, que se agarra con fuerza a la manilla del techo. ¡Para!, suplico, poniendo todas mis fuerzas en una palabra que me termino tragando. Languidezco, mi cara cuelga. ¡Aguanta!, grita Darko.

Salgo del coche a cuatro patas. Amo todas las piedras que se clavan en mis manos. Quiero insultarle, empujarle, pero vomito. No puedo impedir que me sujete el pelo. Cuando me levanto, Darko abre los brazos. En su sonrisa hay un orgullo que no había visto antes. Se acerca y le golpeo el pecho, pero insiste: me abraza. Clavo la frente en su clavícula, en el calor oscuro de su cuerpo. Lloro como si hubiera superado un ritual, un bautizo opuesto, el de mi propia desintegración. La presión de sus brazos sofoca mi rebelión, me tranquiliza, me libera. Primero duele, luego lubrico y deja de doler.

15

Al final del pasillo hay un patio y en el patio hay dos mujeres. Una parece una joven y la otra parece un hombre. Están sentadas la una al lado de la otra en sillas de plástico distintas, de espaldas al sol. No veo sus caras, pero sé sus nombres. En la oficina no sólo se esconde una víctima, sino dos.

La mujer que parece un hombre se llama Maria. Es gitana y fue vendida por su familia. Por la manera en que Fadila ha levantado las cejas mientras lo contaba, parece que esto era de esperar. La joven, en cambio, despierta en ella un instinto maternal. Fadila la mira de reojo y pronuncia cada palabra como si estuviera dando instrucciones precisas a una canguro. Se llama Nikolina y es de Metković, un pueblecito fronterizo con Croacia a sólo quince kilómetros de aquí. Nikolina estuvo en esta casa hace unos meses. Ahora ha vuelto porque la están buscando.

El sol impacta sobre el patio como los focos de un escenario, creando franjas negras alrededor. En el centro, las dos mujeres sentadas de espaldas al público guardan silencio. Maria tiene los codos clavados en las rodillas separadas. Mira fijamente a Nikolina. Lleva unos pantalones cortos con bolsillos y una camiseta blanca. Aún se notan los surcos de un peine por su pelo negro y mojado, en forma de puercoespín. Nikolina fuma con unos dedos prolongados por unas uñas pintadas de blanco. Tiene el pelo largo y rubio, las raíces negras. Lleva una camiseta de tirantes y unos shorts tejanos. Mueve compulsivamente sus piernas cruzadas hacia un lado, trenzadas para ser exactos. En el aire detenido del patio, el humo de su cigarro se vuelve una nube espesa, como un truco de magia.

Antes de dirigirme a ellas, respiro hondo y me pongo en situación. Maria y Nikolina fueron vendidas por alguien cercano y explotadas sexualmente. Sus ojos han visto, sus cuerpos han sido utilizados. Nunca comprenderé lo que esto significa. Sólo puedo intentar acercarme lo máximo posible, hasta donde ellas permitan.

Maria mira a Nikolina pero ella mira por encima del muro que nos separa de la calle. *Dobro jutro*, buenos días. Los ojos de Nikolina se mueven hacia mí pero su cuerpo ligeramente encorvado se queda completamente quieto. Sólo se mueve el humo de su cigarro. ¿Inglés?, pregunta. Puedes sentarte si quieres. Quiero sentarme pero no hay silla. Maria está completamente erguida en la suya y me mira sin parpadear, como si fuera a echar a correr en cualquier momento. Nikolina le dice algo y de pronto sus cuerdas se destensan. Da un bote y empieza a dar vueltas por el patio. Río sin querer, me recuerda al demonio de Tasmania. Nikolina no se ríe: alarga la vista por encima del muro. Cuando Maria regresa con un taburete en la mano, le doy las gracias y corre a esconderse detrás de Nikolina. Su enorme cuerpo se agacha tras los pequeños hombros blancos y quebradizos. Si la miro a los ojos, esconde la cabeza como una marioneta, y la oigo reír.

Al final del patio hay una cocina separada del resto del edificio. Los muebles son de color rojo y parecen nuevos. Unas pocas moscas sobrevuelan la isla central. ¿Quieres café? Comida no podemos ofrecerte porque Fadila se la come toda, dice Nikolina riéndose por la nariz. Con varios segundos de retraso, Maria suelta una carcajada bovina y doy un respingo. Yo también me río con falsedad: no esperaba que Nikolina se burlara así de Fadila, quien se supone que la está protegiendo. Me sonrojo como si el chiste de Nikolina fuera un caramelo con un anzuelo dentro.

¿Cómo te llamas?, pregunta mientras me alarga la mano fría. El blanco de sus uñas es rugoso, y por un momento pienso que se las habrá pintado con tippex, como hacíamos en el instituto. Le digo que soy de Barcelona y no muestra ninguna reacción. Me pregunta si estudié Periodismo, respondo que sí y entonces me cuenta que ella estudia Derecho. Necesito mis apuntes y mis libros para estudiar aquí, necesito estudiar, dice. Da una calada y sus piernas trenzadas empiezan a botar más rápido. Intento desviar los ojos de su cuerpo, pero entonces retiene el humo y veo sus dientes astillados, transparentes en las puntas. ¿Tienes novio?, pregunta de pronto, y me parece la mejor pregunta del mundo. Digo que sí, que de hecho nos hemos conocido hace poco, que es bosnio. Tienes foto, pregunta en tono afirmativo. En mi portátil, respondo. Me agacho y abro la mochila. Mientras enciendo el ordenador, me digo que tengo que contener el entusiasmo por el contacto entre Darko y Nikolina, mis dos nuevos mundos. Elijo mi foto favorita, la que le hice en el dormitorio de Sarajevo. Su torso pálido y fibroso, sus rizos eléctricos disparándose desde el límite de su frente, sus ojos entrecerrados ante la luz gris que entra por la ventana. Nikolina se coloca el portátil sobre los muslos y ajusta la pantalla. Es guapo, no parece de aquí. Al instante, cierra el portátil y me lo devuelve. Me sorprende la rapidez y lo cojo con torpeza.

El sol está calentando el patio. Maria mira embobada a Nikolina mientras habla inglés. De vez en cuando despierta de su embelesamiento, cruza los brazos y da un gran suspiro. Una de esas veces, en vez de suspirar, le reprocha algo a Nikolina. Es como mi madre, pero yo quiero adelgazar, dice ella. Maria mira hacia el cielo y maldice en un tono adulto que no le encaja. Sólo fumo y bebo café, presume Nikolina. ¿No tienes hambre?, pregunto. Estoy gorda, si me vieras. Se levanta la camiseta por encima del ombligo y se cubre el vientre liso con dos hileras de dedos y uñas blancas.

Los hombros no parecen poder sostenerle la frente ancha. Sus ojos azules, un poco juntos, se rinden detrás de unas pestañas de plástico fundido. La base de maquillaje no le cubre los extremos de la cara. Si hago zoom en sus mejillas, veo orificios y pequeñas rocas de colorete que me evocan un planeta lejano. Su cuello, en cambio, es largo y de color perla; parece haber sido conservado bajo hielo. Sus pechos. Sus enormes pechos naciendo con naturalidad de su tórax reducido, desbordando el sujetador. Hay algo en los pechos que se desbordan que siempre me ha fascinado. A veces los pechos son aplastados para que se asomen como flanes de carne, otras simplemente no soportan la presión y rebosan sin esconder su abundancia. No sé si lo que me atrae son los pechos o las mujeres que muestran sus pechos. La valentía de la sensualidad. La locura de lo natural.

Si pudiera, pararía el tiempo y observaría a Nikolina durante horas, daría vueltas a su alrededor sin que nadie me interrumpiera. No sé si la miro como una pieza de museo o como un hombre. No sé si ellos sienten este miedo caliente. Miedo a que Nikolina se despierte y vea que la estoy mirando.

Estoy investigando el tráfico de mujeres, digo con ahogo, como saliendo a la superficie. Si quieres, puedes contarme cómo has llegado hasta aquí. Nikolina me mira, deshace su postura por primera vez. Trae dos paquetes de Marlboro Light y ven a mi habitación.

16

Odio la Navidad porque se nota demasiado que mi padre no está. Era mi padre quien tocaba la guitarra y nos animaba a bailar. Aunque él fuese el centro de la fiesta, de todas las primas yo era la que tardaba más tiempo en despojarme de la vergüenza y empezar a moverme con soltura. Y aun así la vergüenza no se iba del todo: nunca conseguí dejar de verme desde fuera entre aquellos semiconocidos, de sentir una profunda extrañeza, del mismo modo que mi padre, a pesar de desgañitarse con kalinka y el porrompompero, nunca estuvo cómodo en las celebraciones navideñas.

Hubo un tiempo en el que odié aún más estos días, durante los dos años siguientes a la separación, cuando mi madre se convirtió en destinataria de la pulsión terapéutica de los adultos, sus consejos baratos y su compasión regada en alcohol. Una de aquellas veces mi madre terminó llorando en el baño. Yo me aposté en la puerta para que ninguno de los comensales tuviera el placer de consolarla y sentirse buena persona en aquellos días señalados.

Odio la Navidad, pero al ver el salón de casa de Darko sin un triste adorno, con los cubiertos tirados de mala manera sobre el mantel, siento tristeza. Su madre quiso que celebráramos algo juntos y se ha inventado la comida de Nochebuena. El padre, la hermana, Darko y yo comemos paprika rellenos de carne cocinados por ella, que no se ha servido ninguna ración. Mira mi plato con un cigarro nuevo entre los dedos, asegurándose de que me gustan sus paprika rellenos de carne y que repito todas las veces que quiero, para, una vez que haya terminado, encenderlo y aspirar el humo nuevo. Si yo no estuviera aquí, la madre estaría fumando en el sofá y los paprika rellenos de carne no existirían.

El padre es extrañamente menudo, de pelo corto y negro. Cuenta chistes malos y es posible que siempre vaya también un poco borracho. La hermana es una adolescente grandota y malhumorada que se peina con moños muy tirantes.

Con la precisión de un mecanismo automatizado, la madre acciona el mechero en cuanto dejo los cubiertos sobre el plato. El padre se levanta y trae una botella de rakia. Trae también dos vasos de chupito, que coloca entre su hijo y él. Digo que yo también quiero y el padre, con la voz de un policía de chiste, responde que esta bebida es muy fuerte para usted, señorita. Le digo que en Bosnia me he hartado de beber rakia y toda clase de destilados caseros, que de hecho me sientan muy bien. El padre mira a su hijo con los brazos extendidos, botella en mano, y le pide que me diga algo. Darko calla. Su padre murmura unas palabras en bosnio y ríen los dos. La hermana mira el móvil y la madre ya está en la cocina. Adelanto los codos sobre la mesa, alzo la voz: Yo también quiero. No voy a levantarme hasta que este hombrecillo me sirva un vaso, pienso, hasta que todos entiendan que, aunque salga con Darko, a mí no pueden mangonearme. El padre sonríe, se tambalea y justo en ese momento la madre entra en el salón, le ve llenando los vasos con los ojos ligeramente bizcos. Darko se lo bebe de un trago y su padre le sigue. Mientras este se retuerce y gruñe de satisfacción, relleno rápidamente el vaso de Darko y me lo bebo de un trago.

¡Ooooooh!, grita el padre. Su sorpresa me reconforta como el alcohol bajando por mi pecho. Darko se levanta y le sigo. Su padre le señala y después me mira: ¿Y tú cómo estás con el perro este? No es un perro, respondo, y desaparecemos por el pasillo. Su madre grita que me ha dejado un tupper de paprika rellenos de carne.

Pestillo. Nos tiramos en la cama. Cuando creo que va a liarse un porro, empieza a bajarme el pantalón por detrás. Me lo agarro, tiro hacia arriba y miro al vacío. Ni siquiera le hables, es subnormal, dice. Me abraza, me estruja los pechos. ¿Cómo puede llamarte perro? Me baja el pantalón. Recuerdo los ojos un poco bizcos de su padre. Le digo: ahora no, estoy cabreada. Me agarra las muñecas con una sola mano, y aunque lo intento no puedo soltarme. Siempre me sorprende que no pueda soltarme. Pienso en la cara de sorpresa de su padre, en que no he derramado ni una sola gota de rakia al servirme. Empieza a follarme. Puede que su padre ya esté inconsciente en el sofá, su madre se sentirá aliviada. Se corre y me siento humillada: nadie me había hablado nunca así. Se limpia con papel higiénico y dice que baja a por papel de liar. Me pide que cierre con pestillo. Cuando sale por la puerta, entra olor a paprika y a tabaco negro. Me acerco de puntillas, cierro el pestillo y vuelvo rápido a la cama. Esta vez me meto bajo el edredón. Ahora él tampoco podría entrar aunque quisiera. Cierro los ojos y pienso en Darko, pienso en lo que acaba de suceder desde distintos ángulos —mis pantalones bajados por detrás, sus manos sujetándome las muñecas— y entonces, me corro.

17

Yo tenía un novio que se llamaba Ante. Era guapo y tenía amigos en la capital, el típico chico al que todos auguran un buen futuro en los negocios. Llevábamos medio año juntos y éramos felices. Quería casarme con él en cuanto me lo pidiera, y después quería estudiar Derecho.

Nikolina está tumbada en un colchón individual. Los brazos abiertos y caídos a lado y lado, las piernas cruzadas por los tobillos. Es evidente que quiere que la vea así, crucificada y con el short desabrochado. Alrededor de su cuerpo hay un revoltijo de ropa que me recuerda al relleno de un ataúd. Hace un gesto con la mano para que me siente junto a sus pies. Le entrego el paquete de Marlboro Light y lo desenvuelve al instante con sus uñas blancas. Me pregunta si estoy grabando. Respondo que sí. Enciende el cigarro y deja la cajetilla junto a su cadera, sin ofrecerme.

Una noche descubrí que Ante estaba prometido con otra. Esto pasó en septiembre de 2007, hace dos años y medio. Estábamos en una discoteca de Niza con unos amigos suyos. El sitio era increíble, había columpios en el techo y humo de color lila con olor a mora. Yo estaba disfrutando de la vida, cogía el micro y le cantaba canciones a Ante delante de todos. Estaba bailando con todas mis fuerzas en medio de la pista cuando un chico me cogió suavemente del brazo y me dijo que Ante había ido al baño o algo así. No entendí bien lo que decía, pero como oí que decía su nombre, fui con él. Me llevó hasta la calle. Había un coche aparcado enfrente de la discoteca. Dentro del coche había tres chicos más. Al principio pensé que sería una sorpresa de sus amigos, pero cuando entré en el coche ninguno me saludó, ni siquiera me miraban. Pregunté qué estaba pasando, el chico dijo que Ante había vuelto a Zagreb y yo me lo creí.

Fuimos hasta un club llamado Morocco y empezaron a esnifar. Seguían sin mirarme a la cara, como si tuvieran vergüenza. Me llevaron hasta una habitación con una cama doble. No me resistí. Intentaba no pensar en nada pero todo el rato pensaba que ojalá hubiera bebido más. Me decía a mí misma que todo terminaría en algún momento y que entonces podría dormir, que una vez que me hubiera duchado trataría de entender lo ocurrido. Estuve dos días en esa habitación. Llegué a dormirme mientras me lo hacían. Cuando desperté, allí estaba el chico que me había sacado de la pista. Me dijo que Ante estaba prometido con otra, que me había vendido y que él había pagado mucho dinero por mí. El chico era el dueño del club Morocco.

Nikolina ha decidido contármelo todo. No tiene ni idea de lo afortunada que me siento. Le besaría la frente y las manos. Quiero estar tranquila pero el espanto de su relato se me trenza con su cuerpo. Pienso: Estas uñas de los pies estuvieron en el club Morocco mientras la violaban. De vez en cuando miro alrededor para descansar del peso de su presencia, para arrancarme esta lascivia periodística.

La habitación está a medio camino entre un camerino y una celda. En el suelo hay vasos con unas mezclas de culos de agua y colillas. Encima de un segundo colchón envuelto en plástico transparente hay una maleta abierta y vacía. Junto al zócalo, dos pares de tacones y unas chanclas.

A las seis de la tarde tenía que ponerme a bailar con las demás. Si un hombre me elegía, me iba con él. La mayoría de los clientes me invitaban a coca: si quería sobrevivir, tenía que aguantar despierta hasta las seis de la mañana, que era cuando todo terminaba. Yo tenía dieciocho años y era la nueva, así que cada noche tenía que hacerlo con diez o quince. En mis horas de descanso no podía dormir, iba demasiado colocada. En realidad no quería cerrar los ojos, así todo parecía una fiesta muy larga. A veces caía rendida y cuando despertaba el jefe me enseñaba todas las cosas que me había comprado: vestidos, zapatos, maquillaje, pelucas. Decía que me compraría todo lo que necesitara, que por eso no me daba dinero.

Una noche, un cliente me dijo que se había enamorado de mí y que me había comprado por cincuenta mil euros. Era un hombre rico de Niza. Me llevó a un piso pequeño y bonito. Me traía todo lo que le pedía, también cocaína. Yo sabía que tenía mujer e hijos porque me lo había dicho. Cuando no teníamos sexo, yo miraba la televisión. Mi situación había mejorado, pero estaba más triste porque tenía tiempo de recordar a Ante, me preguntaba dónde estarían mi móvil y mi bolso blanco acolchado. Pensar en mis cosas me daba ganas de llorar. Al cabo de tres meses me quedé embarazada y el hombre llamó a un médico para que viniera a hacerme un aborto. Cuando me recuperé, el hombre me llevó a Zagreb. Después de doce horas de viaje paró el coche, me pidió que me bajara y me dio un billete de cincuenta euros.

Mientras andaba por la carretera encontré un periódico. Busqué anuncios de prostitución y recorté una página. Seguí andando hasta que encontré una cabina. Cambié el billete por monedas y marqué uno de esos números. Sé que nadie entendería por qué lo hice, pero para eso tendrían que haber vivido lo mismo que yo. Además, no soportaba el aire libre y necesitaba cocaína.

Me trago una enorme bola de por qué lo hiciste, de bochorno de que Nikolina se haya anticipado a mi reacción. La imagino andando por la cuneta bajo una luz violenta, el cuerpo aún convaleciente, rodeada de ese silencio que sólo se da en las carreteras, mezcla de desierto y civilización. Pienso en el territorio de nadie que ocupan las prostitutas, las afueras de las ciudades y las conciencias; en la magnitud de su fuerza y su instinto de supervivencia. Y mientras pienso en todo esto, y visualizo sus tobillos tambaleándose sobre los tacones a contraluz, Nikolina empieza a mover los dedos de los pies con despreocupación: los separa, se inclina para examinarlos. Emite unos ruiditos que no llegan al tarareo, unos murmullos íntimos que secan de golpe la presa de imágenes de mi cabeza.

Después qué pasó... Ah, sí. Empecé a trabajar en hoteles lujosos de Zagreb, como el Sheraton. Cobraba trescientos euros por hora y ochocientos por toda la noche. Esta vez iba a medias con el jefe. Un día conocí a un hombre en el bar del hotel. Se llamaba Ahmed, era traficante y vivía en Estambul. Me contó tantas cosas increíbles de su ciudad que dejé el trabajo y me fui con él. Estuve trabajando con Ahmed cinco meses, hasta que me abandonó en un *night club* y no volví a verlo. No recuerdo el nombre del local a pesar de que estuve allí varios meses. No salía, no bailaba, sólo estaba sentada. Si un cliente me señalaba, simplemente me ponía de pie.

Una vez estuve tres días sin comer, me quedé inconsciente y me pegaron hasta que desperté. Durante aquel tiempo me olvidé de todo: del instituto, del dinero, de mis padres..., de toda mi vida anterior. Sólo quería droga y no tenía nada. A veces quería escapar, pero no sabía cómo, y sólo me venían a la mente las historias bonitas que Ahmed me había contado sobre Estambul. Es loco porque yo estaba en Estambul pero no veía Estambul, y sólo podía pensar en Estambul.

Un día el dueño del club de Estambul me vendió a Z., un chico bosnio. Él fue quien me trajo hasta Mostar. Estuvimos un día entero en la carretera. Al día siguiente de llegar a su casa me di cuenta de que lo conocía, habíamos sido novios en el instituto. Yo sabía quién era, sabía que mentía sobre su nombre y su edad. No sé si me buscó o fue casualidad, tampoco sé cuánto pagó por mí. Aquellos días lloré mucho porque odiaba trabajar en el piso asqueroso de Z. porque él no podía comprarme toda la coca que necesitaba. No podía vivir.

Como Z. no me dejaba salir, dábamos paseos en coche. Un día se detuvo en una carretera boscosa y me dijo que me conocía y que lo sentía mucho. Después me pidió que me bajara del coche y que buscara ayuda. Yo no quería quedarme sola en la carretera otra vez, así que le supliqué y me dejó pasar unos días más en su apartamento. Durante esos días dormí y lo hice con él. Después me fui andando hasta casa de mis padres. Tardé dos horas. Cuando me vieron me abrazaron, me miraron la cara y las manos, me dieron de comer. Sólo les dije que Ante me había traicionado y que había estado trabajando con criminales hasta ese mismo día. Mi madre me lavó el pelo y me lo cepilló durante mucho rato, como cuando nos reconciliábamos después de una pelea. Pero era raro..., yo sentía que mi cabeza no era mía, sino de otra persona.

Nikolina empieza a acariciarse el vientre de un modo extraño: creo que intenta seducirme. Cuando consigo apartar los ojos, los pequeños moratones de sus piernas me guían de nuevo hasta la cremallera abierta de su short. En realidad esto podría ser la habitación de un burdel: yo soy el cliente que quiere algo de ella. Las dos sabemos que tengo un poder que ella no tiene —un poder de dinero y de pasaporte—, pero aquí dentro es Nikolina la que rompe mis defensas. Su poder no consiste en darme algo que deseo —algo que ya no sé si es una historia o una sensación de abismo—, sino en hacerme saber que ha descubierto ese deseo en mí, que siempre custodiará una forma de existir a la que sólo podré asomarme cuando ella quiera. Me mira a los ojos y se acaricia el vientre. Yo ardo de duda y calor. Miro a un lado y sopeso sus palabras, su cabeza que no es suya. Observo periféricamente sus uñas blancas moviéndose en círculos.

Me fui de casa de mis padres y volví a Zagreb. Allí encontré trabajo de camarera en un restaurante italiano. Me daba para pagarme una habitación y los gramos que necesitaba. Todo fue bien hasta que Ante apareció por allí. Si en ese momento hubiera llevado platos en las manos, se me habrían caído al suelo. No recuerdo cuál fue mi reacción, supongo que me quedé congelada entre las mesas, por eso Ante me vio. A partir de ese día, todas las mañanas él aparcaba su Passat Caravan plateado delante del restaurante. A veces se sentaba y pedía un café. Sé que estaba sorprendido de verme allí trabajando como una chica normal. Un día se sentó en una de mis mesas y pidió un calzone. No me preguntó cómo me había ido, sólo me dijo que quería que trabajara para él, a lo que contesté que ni en sueños. Sentí un odio que nunca había sentido. No podía soportar que Ante no supiera lo que había sufrido por su culpa. Así que fui a una comisaría y lo conté todo. Un abogado me dio un documento para que lo firmara, ponía que tendría que testificar en un juicio. Lo firmé.

Si Nikolina fuese una película, los aplausos atronarían al final de esta escena, cuando mira al abogado y, tras un segundo de duda, firma el papel. ¿Admiro su valentía o la admiro cuando hace lo que creo que debería hacer? A ti no te gustan los colores, ¿no?, dice de pronto, con la voz cambiada. Miro mi camiseta de tirantes negra y mis bombachos marrón oscuro. Sí me gustan, pero el negro siempre funciona. El negro es de muertos, contesta. Cuando estoy trabajando prefiero no llamar la atención. ¿Y cuál es tu trabajo?, pregunta mientras se suelta la coleta, se peina con las uñas y se la vuelve a hacer. Ya lo sabes, soy periodista. Nikolina sigue mirándome mientras se perfecciona la coleta, esperando que prosiga en mi explicación. Investigo el tráfico de mujeres en Bosnia. ¿Por qué? Para que se sepa lo que está pasando, y para ayudar. ¿Ayudar a quién? Su sonrisa rompe algo: de pronto me habla de tú a tú, busca ridiculizarme en mis propios términos. Quiere que piense en lo patético de mi cuaderno y mi conciencia de europea izquierdosa, en mis bombachos de Aladdín, pero pienso contestarle como contestaría a cualquier otra: Ahora mismo el Gobierno bosnio niega que exista el tráfico de mujeres bosnias. Y no sólo existe, sino que está creciendo. Contar lo que está pasando puede ser útil para alertar a las víctimas potenciales y perseguir a los traficantes. No digo que sea útil, pero puede serlo. Nikolina se mira las manos y acto seguido levanta una ceja. ¿Quieres que siga o no?

Mientras trabajaba de camarera me hice amiga de Dario, un cliente habitual. Era traficante pero no se dedicaba a la prostitución. Desde que testifiqué, vivía aterrorizada. Creía que Ante podía venir y asfixiarme con sus manos en cualquier momento, antes o después del trabajo. Le pregunté a Dario si podía protegerme y dijo que sí. El Passat Caravan plateado no volvió a aparecer delante del restaurante. Poco después declaré en el juicio y Ante fue condenado a un año y seis meses de cárcel.

Y ahora viene, cómo se llama eso..., un giro de guion. Una tarde Dario me invitó a su casa después del trabajo. Aún me pongo nerviosa cuando recuerdo quién estaba allí: Tvrtko Tomičić, el mafioso más poderoso de Croacia. Yo tenía miedo pero fue amable, dijo que era muy guapa y que quería acostarse conmigo. No pude negarme. Después de hacerlo con él, me invitó a pasar dos semanas en Zagreb. Acepté y una noche fuimos a una discoteca llamada Diogenes. Estábamos sentados en una mesa de la zona vip cuando un hombre se acercó y empezó a disparar con un kalashnikov. Tvrtko recibió treinta y un disparos. Yo tuve buena y mala suerte. Buena suerte porque no me dio ninguna bala y mala suerte porque me convertí en testigo de un ajuste de cuentas entre las dos mafias más importantes de Croacia. Alguien de los Koba se había infiltrado en la organización de Tvrtko y había elegido esa noche para acabar con él. La gente de Tvrtko me ofreció veinte mil euros por contarlo todo, los Koba me ofrecieron cinco mil euros por mentir. No sabía qué hacer, así que dije a cada bando lo que quería oír. Después hice lo único que se me ocurrió en ese momento: pedir un taxi hasta Imotski, cerca de Mostar. Allí me esperaba Mimo, había sido mi cliente y estaba dispuesto a ayudarme. Empecé a trabajar para él en su casa. Un mes después, mientras dormía, me despertó una voz de hombre que venía de la puerta. La voz decía mi nombre y mi apellido. Por suerte Mimo creía que me llamaba Sabina y le dijo al hombre que allí no había ninguna Nikolina. Los dos bandos me buscaban por todos lados y Mimo me estaba escondiendo sin saberlo. Me quedé con él siete meses, hasta que un día le mentí para poder escapar: le dije que tenía un bebé y que quería ir a verlo a Rijeka. Mimo me dejó salir y me fui a casa de mis padres. Les convencí para que me dejaran matricularme en la Universidad de Mostar: entendieron que era la única manera de que no volviera a la prostitución. El 5 de septiembre, el mismo día que me matriculé en la facultad de Derecho, mis padres me estaban esperando en casa: Ante había salido de la cárcel. Mi madre lloraba y gritaba. Me prohibieron salir y empezaron a hacer turnos para vigilarme. A veces conseguía escapar por la ventana del baño y asistir a algunas clases. Una mañana, mientras charlaba con unas amigas en la puerta de la facultad, vi a un hombre vestido de negro recostado en la puerta de un Passat Caravan plateado. No les dije a mis padres que Ante me estaba buscando. Fui a casa y cuando pude vine aquí. Fadila tampoco lo sabe.

Imagino un grupo de hombres entrando por el callejón en este momento. El último es menudo, viste de negro y camina con las manos en los bolsillos. Me imagino a mí misma escribiendo esto, el momento en el que descubro que Ante ha salido de la cárcel y quiere encontrar a Nikolina, cómo al instante visualizo a unos hombres entrando por el callejón. Imagino gente leyendo esta escena, sintiendo el escalofrío que siento yo. ¿Cuántos años tienes?, pregunta masajeándose el vientre. Veintidós. Yo veintiuno, noviembre. Enero. Esa ropa te hace fea, en serio. Pruébate el rosa, dice mientras pesca una tela fucsia a la altura de su rodilla. El rosa, qué cabrona. Nikolina extiende el vestido por encima de sus piernas. Es corto y tiene un escote en forma de V que debe llegar hasta el ombligo. No, gracias, de verdad. Coge uno, estarás guapa, ¡te lo prometo! No, pero gracias. ¡Pero por qué no!, dice estrujando el vestido con el puño, golpeándose el muslo. No voy a caer en su trampa. No voy a ponerme un vestido fucsia para que se ría de mí. Me gustaría decirle que no me apetece nada probármelo, que yo no necesito ser sexy, pero es un poco mentira. Nikolina baja la mirada y niega con la cabeza. Es posible que vea cierta sensualidad en mí, que sólo quiera verme el vestido puesto. Es posible que no entienda por qué rechazo su oferta, por qué me da tanto miedo ponerme un vestido fucsia.

 Me pregunta si quiero ver su maquillaje y asiento eufórica. Vuelca un enorme neceser entre nosotras. Decenas de recipientes de distintas formas y tamaños, sucios, llenos de arañazos. Siento paz ante la pila de objetos, ante el nuevo centro de atención. Desenrosco botes de rímel, pruebo sombras y pintalabios en el interior de mi brazo. Espero que vea que algunos gestos femeninos no me son desconocidos, que hay cosas que no me dan miedo. Debería estar haciéndole preguntas, como por qué quiere estudiar Derecho, cómo se imagina su vida dentro de diez años, si no le da miedo que Ante la encuentre, pero vuelve a acariciarse la tripa, esta vez de forma exagerada: está claro que quiere que le pregunte. ¿Qué te pasa?, ¿te duele?

Da un bote sobre el colchón, acerca su cabeza a la mía. Es que no te he contado, tengo un nuevo novio. ¿Qué? He estado con él esta mañana y, bueno, la tiene muy grande, dice mientras se masajea en círculos. Un momento, ¿qué dices? He engañado a Fadila y a Aida, les he dicho que tenía que ir a la facultad porque una amiga iba a dejarme sus apuntes. Aida me ha llevado en coche, le he pedido que me dejara media hora a solas con mi amiga y cuando se ha ido he andado hasta el piso de mi novio, que vive cerca de la facultad. Pero un momento: ¿quién es este tío? Se llama Marko, es alto y guapo. Estudia Empresariales y Derecho, quiere trabajar en la OSCE. Supongo que sabes lo que es. Sí, sé lo que es. Quiero que lo conozcas, ¡quiero que vayamos a tomar algo los tres! Nikolina se frota el vientre, ebria de sexo. Estás loca. Me respeta, ¿sabes? Le digo cuando no quiero más. Eso está bien, supongo. No pasa nada, no sabe quién soy, dice Nikolina tratando de apaciguarme. ¿Y Aida no te ha descubierto?, ¿no te parece peligroso ahora que Ante te está buscando? Cuando terminamos de follar he mirado el móvil y he visto todas las llamadas de Aida, dice riendo, agarrándome el brazo con los dedos fríos. He ido corriendo a la facultad y estaba en el coche, furiosa. No me ha preguntado nada. ¿Sabes? Marko realmente me gusta, hablamos después de follar. La frase se me clava y siento una pena inmensa, pero cuando miro a Nikolina veo que esconde los ojos y que sonríe. Aunque Ante siempre será el primero, susurra. ¿El que te vendió por primera vez? Mira al techo y su garganta se mueve al tragar. Nunca perdonaré lo que me hizo, pero si cierro los ojos sueño con él.

Afuera las montañas se han vuelto azules. No sé cuántas horas llevamos aquí. Sé que dice la verdad, que lo que dice, aunque no tenga ningún sentido, es verdad dentro de ella. Una parte de mí grita y patea el suelo, la otra calla y lo ve posible. Miro los zapatos alineados en el zócalo, los tacones de aguja. Pruébatelos, ¡por favor, por favor!, suplica Niko, dando botes sobre el colchón. Me levanto y me descalzo las chanclas de hebillas. Ella se incorpora con expectación. Me arremango los bombachos pero no demasiado: tengo las piernas llenas de pelos. Meto un pie y luego otro. Noto cómo los zapatos modifican mi esqueleto, mi postura, mi identidad. Camino hacia la ventana, hacia las montañas azules y el minarete encendido como una vela. Las lágrimas brotan tranquilas, como cera derritiéndose. En el reflejo del cristal, Nikolina me mira inexpresiva, y yo me colmo de agradecimiento. Suena el muecín.

18

Margaret Moth oyó un estallido y la furgoneta en la que viajaba frenó de golpe. Cuando el silencio volvió, sintió que se le estaba cayendo la cara. Aún sin entender, y con las manos empapadas en un líquido caliente, sujetó los trozos de mandíbula que le colgaban.

Descubrí a Margaret Moth mientras buscaba vídeos de la guerra de Bosnia. A menudo mis prospecciones en YouTube adquirían forma de túnel por una suposición tan lógica como incorrecta: creía que saltando de un vídeo a otro sin ningún orden establecido terminaría alcanzando yacimientos de grabaciones caseras con escasos clics, menos editadas y más puras. Como esta era una fe sin fundamento, siempre terminaba volviendo a los mismos fragmentos de crónicas televisivas. Eso hizo que me diera cuenta de que algunos de mis vídeos recurrentes habían sido filmados por una mujer, Margaret Moth. Googleé su nombre y descubrí que había cubierto el conflicto bosnio para la CNN y que se la consideraba la primera mujer camarógrafa de su país, Nueva Zelanda. No dio tiempo a que Margaret se convirtiera en un referente profesional: siguiendo la lógica de los agujeros de gusano de internet, según la cual una hora de navegación puede condensarse en la experiencia de unos pocos segundos, de forma inmediata aquella desconocida pasó a ser importante para mí: una deidad de la actitud exacta que aspiraba a tener ante la vida. La alquimia no se produjo por casualidad: descubrí que la biografía de Margaret

Moth era un retablo de cuentos breves e imposibles, de escenas que escondían sencillos mensajes personalizados.

Su madre era ama de casa y su padre constructor de piscinas. A los ocho años tuvo su primera cámara de fotos y a los veinte se cambió el apellido. Durante su juventud Margaret cultivó algunas aficiones peculiares. Le gustaba tocar las campanas de las iglesias —fue voluntaria en muchos campanarios de Gisborne, su ciudad natal— y practicaba paracaidismo libre. Para esto último Margaret pasaba largos ratos en el aeródromo, haciendo lo que podría denominarse autoestop de cielo: suplicaba a los pilotos que la dejaran subir a sus avionetas para lanzarse al vacío, y ellos rechazaban sistemáticamente su petición. Sólo su amigo Mike volaba a más de tres mil quinientos metros para que Margaret saltara sin saber dónde iba a aterrizar.

Vestía siempre de negro, incluidos los calcetines y la ropa interior. Melena encrespada a lo Robert Smith y ojos celestes perfilados permanentemente con una gruesa línea de *kohl*. Quienes la conocieron decían que intimidaba a niños y adultos, que unos y otros la llamaban bruja. Ella respondía a estos comentarios con una sonrisa serena. Como si viviera entre las nubes y pudiera ver a la gente pero no oírla. Esta era una de las enseñanzas que me transmitía mi foto favorita de ella: la verdadera fortaleza no era rabiosa o explosiva, sino una sonrisa serena.

Margaret estaba serena cuando saltaba de la avioneta de Mike y cuando filmaba disturbios en Cisjordania. Una vez un soldado israelí la apuntó con un fusil a pocos metros de distancia y ella respondió haciéndole zoom con su cámara. El soldado disparó en su dirección para asustarla, pero el plano no se movió. La grabación mostraba el rostro perplejo del joven y cómo segundos después se metía en el vehículo blindado.

Durante la primera guerra del Golfo varios corresponsales vieron a Margaret patinando en el vestíbulo de un hotel en Bagdad. Sus patines eran negros con las ruedas negras. También se la recuerda fumando puros finos, hablando sobre gatos y durmiendo con las botas puestas. Una vez, en Petra, se negó a subir al carruaje en el que iban todos los periodistas y corrió junto al caballo extenuado.

El 23 de julio de 1992, Margaret Moth viajaba en el asiento trasero de una furgoneta cuando un francotirador serbio le voló el lado izquierdo de la cara a más de cien metros de distancia. Los dos años siguientes se sometió a doce cirugías reconstructivas. Perdió parte de la lengua. Ella misma bromeaba con su dicción de «borracha salivosa». En una entrevista posterior a su recuperación le preguntaron qué le diría al francotirador que le disparó. La respuesta de Margaret me pareció perfecta: Le preguntaría si la había apuntado a propósito o si había sido una ráfaga. En la misma entrevista dijo que le molestaba que la gente dijera de ella que tenía una pulsión de muerte, cuando lo que siempre había querido era sentirse viva.

Poco después le dijo a su jefe de la CNN que quería volver a Bosnia para ir en busca de sus dientes. Así fue como en 1994 regresó a Sarajevo y filmó los últimos coletazos de la guerra. Mi vídeo preferido de ella lo grabó un compañero suyo desde un coche en marcha. Margaret conducía un viejo tractor por una carretera recién pacificada. Sobre los guardabarros, custodiándola como efigies encorvadas, botaban dos hombres bosnios vestidos de manga larga. Margaret agarraba el enorme volante con los brazos al sol, el pecho y la melena contra el viento. La guerra de Bosnia fue su último trabajo. Después se fue a Estambul, donde vivió hasta sus últimos días cuidando a veinticinco gatos.

El día que me enteré de su muerte yo estaba en el ciber de Mostar. Recuerdo que me pregunté si su desaparición me afectaría de algún modo: al fin y al cabo Margaret sólo era un símbolo para mí, una serie de escenas reales y fantasiosas, una foto perenne en mi bandeja de entrada. Entonces recordé mi episodio favorito de ella. Cuando tenía la edad que yo tenía entonces, Margaret quiso deshacerse de su apellido paterno. Nunca supe el motivo porque prefería no saberlo. Margaret Wilson —así se llamó al nacer— acudió a las oficinas del registro y solicitó llamarse Margaret Tiger Moth, como la marca de la avioneta de su amigo Mike. Las autoridades neozelandesas se lo denegaron, pero aceptaron Margaret Moth.

19

Abro la puerta de la oficina pero no se abre, hay algo blando obstruyendo. Empujo, miro por la rendija. ¿Hola? ¡Espera!, grita Aida desde el otro lado. Doy un paso atrás y la puerta cede a la misma velocidad que mi boca: aparece la montaña. ¡Entra!, grita el coro. Doy un salto y cierran detrás de mí. Mide dos metros, es más alta que todas. Tejidos brillantes, encajes, cremalleras; un cinturón fino, una manga azul eléctrico, un tirabuzón pelirrojo. ¡Mira esto!, grita Nikolina desde el otro lado. ¡Toda mi ropa, mis tacones! Aida tiene los ojos muy abiertos, se sujeta el brazo ensangrentado. Han ido a buscar los libros, un desastre, dice Fadila desde el rincón más oscuro. ¡Aida ha roto la ventana y hemos entrado!, grita Nikolina. ¡Tres maletas! ¿Te lo puedes creer? Son todo regalos.

Nikolina sabe que no son regalos. Aida sonríe sin parpadear. Es sólo un corte, me dice mientras se limpia el antebrazo con un pañuelo de papel. Mi madre quiere que sea su prisionera, dice Nikolina, molesta de pronto. Quizá le ha molestado mi estupefacción, mi falta de maravilla ante la montaña. Sabía que iría a buscar mis libros y la muy zorra los escondió a conciencia. Como no los encontrábamos nos hemos llevado todas mis cosas. Hemos llamado un taxi y... Aida se cubre la boca y de repente me parece divertida. Nunca la había visto reír. En el reverso de su mano hay un pequeño río de sangre seca. Tendrías que haber visto la cara del taxista, dice Aida, ¡sudaba por todos los poros!

Tendría que haber visto la cara del taxista pero no la he visto porque estaba en el ciber. Me he perdido el allanamiento de morada perpetrado por Nikolina en su propia casa. Necesito estudiar, tengo que estudiar, decía ayer, y esta mañana, y en vez de advertir esa ansia que crecía en su interior me he ido a comprobar que Darko no me había escrito y que mi padre volvía a llamarme Polilla. Mientras Nikolina lo cuenta todo con detalle, Aida hace de apuntadora bajo los efectos de la adrenalina y Fadila calla en el rincón, voy armando la secuencia en mi cabeza. Es espectacular.

Una chica en shorts, chanclas peludas y pelo sucio recogido con una pinza. Una mujer bajita, vestido entallado y con sandalias romanas. Medio agachadas, se acercan a una casa de una sola planta. Puerta enrejada de color negro y albaricoquero que sobresale por el muro. Sus movimientos cautelosos llaman muchísimo la atención.

La chica mete el brazo por un hueco de la reja: lo ha hecho antes. Saca la cadena y entran en el jardín. La chica se sube a una jardinera que hay en un lado de la casa. Con las dos manos mira a través de la ventana. ¡Romi! Psspsspsss. Llama a su gato, que no acude. La mujer bajita le dice que baje de ahí, la chica obedece aunque sea su casa. La mujer agarra un trozo de reja que hay junto a la fachada y sube a la jardinera. Mira a los lados y golpea el cristal. La chica se aparta, emite un gemido: no esperaba algo así de la mujer bajita. Se imagina la cara de su madre cuando vea el destrozo y eso la motiva aún más. La mujer bajita se ha arañado el antebrazo. Durante unos segundos mira cómo le salen gotas lentas. Tiende la mano ensangrentada a la chica, que se cuela primero en la casa. Cuando llega su turno, su trasero generoso y su falda vaporosa se quedan incrustados en la ventana por un instante, formando una gran flor.

Ya en el interior, la joven maldice a su madre, la insulta. Deshace su cama con rabia, levanta los cojines del sofá. Deshace también la cama de matrimonio. Buscan durante diez minutos, abren cajones y armarios, hasta que la mujer bajita dice que es hora de irse. La chica siente las manos de su madre apretándole el cuello. Entonces recuerda las maletas. Las maletas son suyas y están debajo de la cama. Tres grandes cofres llenos de vestidos y zapatos, de pelucas que valen mucho dinero. No dejará que su madre se las quede, es capaz de venderlas. Si no puede llevarse los libros, al menos se llevará lo que es suyo.

La mujer bajita llama a un taxi. Cuando ve aparecer el coche frente al albaricoquero, hace una señal y empiezan a empujar las maletas fuera de la casa. El taxista se acerca para ayudar: las pequeñas ruedas se encallan en el camino de hormigón que lleva hasta la puerta. Lisas y de colores brillantes, las maletas pertenecen a otro mundo. El taxista detecta la extraña prisa de las mujeres, se fija en el brazo ensangrentado de la mayor y piensa que podría tratarse de un robo, pero por algún motivo le parece imposible detener la operación. Cuando arranca, la chica se gira y observa su casa alejarse.

La madre sabe lo que la hija desea con más fuerza, dice Fadila con voz sombría. Rodea la montaña apartando prendas con el pie. Tendrás que quedarte hasta que todo se calme, me dice, sus padres la estarán buscando. ¿Por cuánto tiempo?, pregunto. No lo sé, pero si sus padres descubren la casa todos sabrán dónde está, ¿entiendes? También los criminales. Y entonces estaremos perdidas. Pero no puedo quedarme indefinidamente, necesito saber... Entonces vete, devuélveme la llave. Lanzo la llave a la montaña y salgo de la oficina.

No sé adónde ir, así que me dirijo al ciber. Estoy harta de que me trate como a una niña. Estamos hartas, Niko y yo. Al final de la calle hay una plaza, y en el medio de la plaza hay un hombre y una mujer que parece que estén buscando algo. Mierda. Saco el móvil y, justo antes de girarme, los ojos de la mujer se rozan con los míos. Finjo que tecleo mientras me alejo, me siento en el escalón de un escaparate. Miro la pantalla pero sé que se está acercando. Tecleo un SMS de símbolos y números que dice: Los padres de Niko están aquí. ¿Dónde tú eres?, pregunta en inglés, a bocajarro. ¡Española!, respondo con un intento de sonrisa inocente. Española, española, dice con los brazos en jarra. ¿Casa de seguridad?, pregunta. ¿Qué? Lo siento, no... ¡Casa de seguridad!, ¡casa de seguridad! La mujer se agacha, se acerca a mi cara. ¡Casa de seguridad! No sé, no entiendo, lo siento... Levanto los hombros, abro las manos. Sabe que estoy mintiendo pero también sabe que no puede obligarme a hablar. Aprieta los puños. Siento que me va a pegar pero entonces su marido la agarra por la espalda, me mira avergonzado sin enterarse de nada. Pero qué lista, pienso, qué lista. Mientras se alejan, escribo a Fadila: Los padres de Niko están aquí. Me pide que vuelva a la casa ahora mismo, por favor. Justo cuando están a punto de desaparecer por un lado de la plaza, la madre me mira. Puede que su hija sólo quiera los libros y que ella sólo quiera protegerla. O puede que Nikolina necesite ganar esta batalla, vencer en algo; rebelarse contra las fuerzas que siguen decidiendo sobre su vida. Cerca de mi posición, ocultos en una oficina, se acumulan los adornos de una esclava. Forman una montaña de libertad que nadie entenderá nunca.

20

No me llames. No tengo tiempo para ti. Mi marido está enfermo. Espero que lo entiendas.
¿Y Nikolina?, ¿dónde está?
Con sus padres. Te deseo suerte, querida.

La llamada no dura más de diez segundos. Acabo de aterrizar en Sarajevo por mi cuenta. He visto la ciudad desde el avión, pero he necesitado salir de la terminal y ver las montañas negras espolvoreadas de nieve, notar las mejillas adormeciéndose al contacto con el frío húmedo, verme rodeada por taxistas sin taxímetro que me gritaban y agarraban las asas de la mochila, esperar fuera de uno de los coches hasta que el conductor aceptara mi oferta de diez marcos y ser transportada hasta el centro como un paquete nada frágil, para entender que he llegado al invierno bosnio.

Lo primero que hago es comprar una tarjeta de prepago en un quiosco y llamar a Fadila. Diez segundos después me da un plantón que suena definitivo. Tampoco parece probable que vuelva a ver a Nikolina. Las principales razones de mi regreso acaban de esfumarse. Fadila nunca había mencionado nada de un marido enfermo, aunque tampoco me ha hablado nunca de su familia ni de su pasado. Y ahora ya es tarde para eso. Al final, parece que el politono de su marido llamándola a gritos tenía un sentido.

Las calles están llenas de nieve sucia. Huele a leña quemada. Es mi primer invierno en la ciudad y me he topado con la bruma, una nube baja que encapota Sarajevo durante los meses fríos y que no tiene nada que ver con la niebla, sino con las cocinas de carbón: pequeñas chimeneas escupiendo débiles hilos blancos desde primera hora de la mañana, como cientos de cigarrillos reposando en un inmenso cenicero.

Deseaba estar sola y ahora estoy sola de verdad. Bosnia parece más hostil que nunca, pero tengo motivos para estar contenta: el hostal en el que he alquilado una litera resulta ser un apartamento de estilo austrohúngaro con grandes ventanales, un piano y muebles art déco. También me enorgullece haber pagado los billetes de avión tras meses de ahorro (al no haber vuelos directos, son bastante caros). Encaro, por así decirlo, la fase madura de mi investigación: tengo suficientes elementos para componer una historia bien documentada y con testimonios potentes, pero quiero alcanzar la profundidad que transmiten los reportajes elaborados durante meses, los grandes libros de no ficción y de periodismo literario: quiero ir al detalle y a lo intangible, hacer que la historia se eleve y sea más que un mero reportaje. Después de haber visitado varias casas secretas regentadas por mujeres y entrevistado a una veintena de víctimas, es el turno de los despachos y las altas instancias: tengo indicios de la colaboración de miembros de las Fuerzas de Paz en el mercado interno de tráfico de mujeres, además de un calendario apretado de entrevistas que incluye a portavoces de misiones internacionales, un fiscal general, la ministra de Derechos Humanos, periodistas locales y extranjeros y hasta un agente del FBI. El regreso a Bosnia me convierte, de facto, en una reportera independiente. Visto con perspectiva, el plantón de Fadila es un corte de cordón umbilical necesario para esta nueva etapa: sencillamente, ella no encaja en la nueva postal. Además, se da la curiosa situación de que mi novio es bosnio pero vive en mi país mientras yo recorro el suyo tratando de hacer algo importante. Debajo de todas estas capas de sentido constructor persiste en mí una especie de fe meritocrática en la ingeniería sentimental: perseverar en mi trabajo me dará puntos de «bosnianidad» y provocará el progresivo derretimiento íntimo de Darko, el fortalecimiento de su confianza en mí y en una posible vida juntos. Lo único que tengo que hacer es estar sola en esta ciudad fría y decadente, hacer entrevistas durante el día e ir a cafés amarillentos a transcribir y a fumar cuando anochezca. Sólo tengo que concentrarme en mi trabajo y no pensar en Darko, en mi padre o en mí misma: la distancia y el silencio me harán más fuerte y deseable, lo ordenarán todo.

Al día siguiente tengo la primera entrevista en el distrito de negocios de Marijin Dvor, situado entre el casco antiguo y la embajada de Estados Unidos y formado por los tres únicos rascacielos de Sarajevo. Siempre he visto las torres gemelas del Unitic Business Center a lo lejos, dos prismas rectangulares de espejos azulados. Me impacta que el vestíbulo no se corresponda con el exterior del edificio, frío y alargado, sino con una cálida horizontalidad que me hace pensar en el interior de una ballena. Un gran óvalo se abre desde mi posición —la boca—, seguido de hileras de luces que se ensanchan en el centro —las costillas— y se juntan al final, formando un vértice que se pierde a lo lejos —la cola—. La atmósfera es reconocible: suelo brillante, cuerpos cubiertos con ropa de colores neutros y ese leve hilo musical típico de los centros comerciales. Me acerco al panel que está junto a las escaleras: Banco Mundial, Microsoft, Nestlé, Pfizer, Tribunal Penal Internacional para la Antigua Yugoslavia, ACNUR... En el vientre del cetáceo se escondía la sala de mandos de Occidente.

Por favor, permanezca aquí, dice el recepcionista mostrándome claramente la palma de la mano. Me encuentro en las oficinas de la Organización para la Seguridad y la Cooperación en Europa (OSCE), el mayor órgano observador desplegado en Bosnia, y el primer suelo moquetado que piso en el país. La oficina está perfectamente climatizada, iluminada con una luz uniforme, ni fría ni cálida. Si afino la vista puedo ver la calle gris a través de una ventana, los pequeños montoncitos de basura perfilando la acera como confeti, el vendedor de mazorcas junto al vendedor de CD pirata. De pronto me incomoda este ambiente eficiente y colonizador. Y ahora me avergüenza haberme dejado poseer por un sentimiento de rechazo tan infantil: esto es Bosnia aunque no quiera, aunque no encaje en mi postal balcánica *trash*. De hecho, pienso para persuadirme, es posible que el nuevo novio de Nikolina trabaje aquí, que las instituciones de la paz capitalista hayan empezado a trenzarse con la vida local.

El recepcionista me conduce a paso ligero hasta una pequeña sala con una mesa redonda en el centro. En la pared más amplia hay un retrato grupal de gente uniformada y un bidón de agua. Junto a la persiana de listones, un pequeño mueble con una orquídea viva. A Gabrijela Jurela no la oigo llegar porque la moqueta amortigua sus tacones de aguja. Me sorprende examinando de cerca un pétalo rosado y jugoso. No esperaba que la consejera de la OSCE en la lucha contra la trata fuese una mujer joven y esbelta, con falda de tubo y melena lacia, cuyos cabellos flotan por efecto de la electricidad estática. Esperaba que me narcotizara con datos irrelevantes y suavizara la situación destacando pequeños avances, pero en vez de eso me muestra un panorama desolador. A pesar de:

    La Convención Europea de Acción contra el Tráfico de Seres Humanos (ECATHB) y el Protocolo de Palermo, ambos ratificados por Bosnia.

Sanciones e incentivos al Gobierno bosnio.

Tres Planes de Acción adoptados por el consejo permanente desde 2001.

Redadas.

Informes.

El Grupo de Trabajo del Pacto de Estabilidad sobre la Trata.

La Fuerza de Choque para el combate del Tráfico (SIPA).

La Oficina del Fiscal Estatal.

Organizaciones e instituciones internacionales como la misma OSCE, UNICEF, UNCHR e IOM.

A pesar de todo esto, el comercio de mujeres y menores bosnias para su explotación sexual dentro y fuera del país no para de crecer. De hecho, es imposible cuantificarlo. Conozco algunos de los factores que explican este auge: demasiada gente vive al borde de la pobreza extrema, un crimen organizado fuerte surgido de la guerra y con presencia en la política y un riesgo mínimo para el desarrollo de esta actividad criminal en particular. En este punto pienso que Jurela va a decir lo obvio —el país tiene las arcas vacías y problemas más acuciantes, otras prioridades—, pero de nuevo me sorprende al sugerir que el mayor acicate del tráfico de mujeres en Bosnia han sido los acuerdos de paz.

Los Acuerdos de Dayton contienen tantas paradojas que se han convertido en un obstáculo para la paz a largo plazo. Frenaron el derramamiento de sangre, pero también supusieron el reconocimiento de la división étnica del territorio y legitimaron el desplazamiento de población, objetivos últimos de quienes instigaron la guerra. Supusieron la ratificación de Bosnia y Herzegovina como estado independiente, pero también el aplazamiento indefinido de su soberanía real. Por encima de la estructura federal en clave étnica se implantó un gobierno central con una presidencia rotativa —estilo patio de colegio— que asfixia cualquier propuesta política en clave multiétnica y fomenta la eterna disputa nacionalista. Para rematar, todo está supervisado por el Alto Representante, una institución creada ad hoc para vigilar al revoltoso estado bosnio y asegurar el cumplimiento de los acuerdos de paz, el desembarco de las grandes corporaciones y la ejecución de las reformas económicas necesarias para una hipotética integración europea. El propio Consejo Europeo ha terminado criticando al Alto Representante por sus «excesos legislativos» y por intervenir demasiado en las instituciones bosnias. En 2008 se quiso poner fin a la sonrojante monitorización, pero parte de la sociedad y de los partidos bosnios reaccionaron con miedo, mostrándose en contra. Hoy prosigue el mandato indefinido del Alto Representante y Bosnia sigue paralizada, infantilizada, en guardia, en paz.

Jurela me entrega un libro azul que pesa mucho más de lo que parece. Pienso que debe ser por el papel satinado de alta calidad, pero Jurela dice que pesa tanto porque contiene las traducciones a tres lenguas que son la misma, salvo por dos o tres palabras. Se trata de un informe jurídico publicado por la OSCE que estará desactualizado dentro de unos meses, pero puede darme una idea del caos del que me habla.

El libro azul explica que Bosnia tiene cuatro códigos penales distintos. Y que sólo veinte casos de tráfico han llegado a los tribunales. Si una víctima de tráfico es extranjera, se activa el protocolo de protección y tras unos días de asistencia médica y psicológica, es enviada a su país. Si es Bosnia, su destino depende de dónde esté en el momento de ser encontrada: puede ser acusada de prostitución y encarcelada por este y otros delitos, incluso siendo menor de edad, como ocurre en la República Srpska, la región de mayoría serbia dentro de Bosnia y

Herzegovina. O puede terminar en las instalaciones de una ONG sin fondos, porque en este momento los fondos del ministerio no existen.

Nos estrechamos la mano, devuelvo la tarjeta de visitante, bajo en el ascensor y salgo de la ballena. Camino hacia el centro con el libro azul bajo el brazo. La bruma ha empezado a mezclarse con los primeros humos de las carnes a la brasa. A medida que me adentro en las callejuelas se vuelve más imperceptible. De repente un rayo la ilumina sobre un desagüe abollado y descubre su baile sedoso, pero es sólo un instante. Sigo andando y la bruma desaparece de nuevo. Su fuerza está en la delicadeza con la que lo cubre todo, en su transparencia. La bruma te hace creer que siempre puedes atravesarla, afinar la vista y ver lo que hay detrás, por eso no lo intentas nunca.

21

Hay una película con la que mi madre y yo lloramos mucho. Es *Sentido y sensibilidad*, de Ang Lee. Hemos terminado de comer. Mi madre apila los platos y mi hermano cambia de canal. Suenan unas flautas reconocibles: es la banda sonora de la película, que acaba de empezar.

Mi madre y yo nos miramos como si hubiéramos oído un carruaje a lo lejos. Sin mediar palabra, nos ponemos en marcha: ella termina de amontonar los platos y los lleva corriendo a la cocina, yo quito el mantel, corro las cortinas, giro la pantalla hacia el sofá. Nos movemos con la misma presteza y sincronización que las Dashwood cuando reciben la visita inesperada de un caballero. En la película, la madre y las tres hijas hormiguean por el salón desatándose los delantales, ocultando el desorden y pellizcándose las mejillas. Mi hermano suelta el mando con resignación. Cuando nos sentamos en el sofá y la secuencia de introducción empieza a apagarse, mi madre y yo nos hemos convertido en dos personajes de Jane Austen. Expectantes, enfundadas en unos pesados vestidos de trapo invisibles, esperamos a que llegue la escena.

Entonces, no estás casado, dice Elinor (Emma Thompson).
No, responde Edward (Hugh Grant).

Elinor se desploma sobre la silla de madera y empieza a sollozar. Su madre y sus hermanas abandonan el salón a toda prisa, haciendo ruido de tacones sobre la madera. Edward se aparta de la chimenea y da un paso hacia la hermana mayor, la menos agraciada de las Dashwood, la segunda madre de las hermanas más jóvenes y bellas, la que jamás hubiera imaginado que un soltero codiciado como Edward Ferrars pudiera corresponderla. Elinor intenta esconderse en la silla, se aferra al delantal. Intenta contener el llanto pero su pecho trota cada vez más rápido, sus gemidos se abren paso a través de su garganta y desembocan en un bramido sin control. Edward le pide matrimonio a una montaña de dolor.

Qué buena es, dice mi madre refiriéndose a Thompson. Cuando lloramos, a las dos se nos hinchan los ojos y los labios. Le doy la mano y me la aprieta. Me pregunto qué nos estamos diciendo mi madre y yo cada vez que atravesamos juntas esta escena, qué es lo que ocurre dentro de nosotras en esos pocos segundos de película. La respuesta más obvia es que se trata del clímax, un momento diseñado para abrir una grieta de esperanza en la miseria de las Dashwood y desatar las lágrimas del espectador. El amor venciendo por el flanco más inesperado: Elinor merece ser feliz, a ella también pueden pasarle cosas buenas. Sin embargo, no es eso lo que nos emociona. Cuando llega el día de la boda y los niños corretean moviendo cintas de colores bajo una lluvia de pétalos, hace rato que mi madre y yo hemos desconectado de la película. Lo que nos estremece es que una buena noticia rompa a Elinor en mil pedazos. En su llanto explosivo se esconde la incredulidad de ser la destinataria de la pasión de un hombre, de existir en un plano romántico. En sus sollozos acelerados leemos la resignación acumulada de toda una vida. Elinor se asusta de sí misma, de su felicidad repentina.

Aparecen los títulos de crédito y mi madre se suena la nariz. La gata empieza a jugar con el bajo de las cortinas. Mi madre se levanta del sofá enfurecida: ¡Mixi! La gata se revuelve, la uña se le ha quedado enganchada en el encaje y se ve obligada a liberarla entre mordiscos y arañazos. Mixi es una gata negra que mi padre nos regaló a mi hermano y a mí y que ha terminado cuidando ella. ¿Tú crees que existe el amor como el de Elinor y Edward?, pregunto. No sé, es una película, dice con la nariz taponada.

Mi madre estuvo muy enamorada de mi padre. Él fue su única pareja y su único gran amor. En el desván hay cajas de fotos de cuando eran jóvenes y hacían excursiones a la montaña. En algunas imágenes mi madre lo mira embelesada mientras él mira hacia la cámara. Está guapísima cuando lo mira así, parece un hada con chubasquero y calcetines hasta la rodilla. Las puntas de las botas unidas, pidiéndole un beso. A veces la sonrisa hechizada de mi madre me da ganas de llorar, supongo que porque sé el final de la historia.

Mi madre dice estar la mar de bien desde que se separaron, pero cuando la veo llorar así, tan atravesada por una escena romántica, no puedo evitar convertirme en una comercial del amor que llama a su puerta con un maletín lleno de baratijas y eslóganes baratos. Mi madre es una mujer pasional, nunca me ocultó esa faceta suya. Por eso no me creo que sea feliz renunciado por completo a su vida amorosa. Me cuesta entender que se conforme con dedicar su vida a la familia y a hacer planes con las amigas. ¿De verdad no quiere volver a sentir esos nervios, hacer tonterías, perder el control? Me da pena mirarla y saber que no desea a nadie. Cuando le digo que sus lágrimas son una prueba de que algo sigue vivo en su interior, me contesta que llora porque la actriz es buenísima, que ya sé yo que a ella le encantan las actrices inglesas.

Si le digo que no todos los hombres son iguales, responde que los de su edad sí lo son. Si le digo que hay hombres de otras edades, me pide que sea realista. Cuando le pregunto si es que ya no quiere volver a sentirse deseada y bailo a su alrededor como una llamarada humana, me aparta como a una mosca: Ay, pesada. Siempre me hace reír pero ella no se ríe. Tampoco es que se enfade. Me deja con un sabor amargo, como si hubiera algo que no quisiera contarme. A veces sospecho que no quiere que hablemos de amor porque eso alimentaría mi pasión por Darko. Nunca le ha gustado demasiado, y desde que me vio el moratón en el brazo, menos. Estábamos en la cocina y mi madre preguntó qué era eso. Yo le dije la verdad: que no era nada, que a veces jugamos un poco a lo bestia y que yo también le doy a él. Me agarró el brazo y dijo que eso no le gustaba nada de nada. Que cuándo había ocurrido, que si volvía a pasar ella misma iría a hablar con él. Tiré del brazo con rabia: no soportaba que lo simplificara todo en un segundo, que intentara hacerme creer que un moratón explica solamente un tipo de historia, que agrandara las sombras de Darko dentro de mí. Le dije que no era mi problema si no entendía esa clase de juegos, si hacía demasiado que había renunciado a la pasión. Me miró en silencio. Déjate de tonterías, te estoy hablando muy en serio. Y límpiate las uñas, que no sé cómo lo haces pero siempre las llevas sucias.

22

La periodista entra en la cafetería con la cabeza ligeramente agachada. El efecto es extraño porque se trata de una mujer alta, con una media melena rubia, recta y lisa. Debajo de su chaqueta resplandece una blusa blanca. La periodista mira alrededor y saludo levantando el brazo. Sonrío, pero ella no. Pasa entre las mesas apretándose el bolso contra el cuerpo, diría que mirando al suelo. Se sienta delante de mí sin quitarse las gafas de sol.

La periodista indica al camarero que no va a tomar nada. Deja el bolso sobre la mesa y un segundo después lo coloca sobre su regazo. Le digo que no le robaré mucho tiempo. Se quita las gafas. Sus ojos son limpios y azules. Mira hacia la calle, carraspea y cruza los dedos de las manos. Le cuento por qué la he contactado y asiente. Le pido si es tan amable de escribir su nombre completo en mi cuaderno. No quisiera cometer errores en caso de que tenga que citarla. La periodista me mira fijamente uno, dos, tres segundos. Se acerca el cuaderno, coge el bolígrafo y empieza a escribir con la cabeza ladeada: ENISSAS... El cabello liso y rubio le hace de cortina, ocultándole el rostro. Cuando termina de escribir, me devuelve el cuaderno. Mantiene la cabeza ligeramente agachada, la cortina de pelo extendida sobre un lado de la cara. Hablamos de su trabajo en la televisión local, de una periodista especializada en tráfico de seres humanos que dejó de escribir de repente. Hablamos de Bakir

Hadžiomerović, el presentador estrella del programa *60 Minuta*. Cree que algún día lo matarán.

    La periodista observa cómo tomo notas debajo de su nombre. La miro, me mira, mientras seguimos hablando. No entiende lo que estoy escribiendo pero sus ojos siguen fijos en mi mano. No parpadea. Borra mi nombre, dice de pronto. Por favor, bórralo. La periodista me arranca el bolígrafo y el cuaderno. Empieza a rayar su nombre. Sus cabellos se agitan, sus uñas palidecen por presión. Por favor, soy madre soltera. No me nombres nunca, por favor. Debo proteger a mis hijas.
    La periodista se levanta, se estira la blusa y se coloca las gafas de sol. Antes de salir a la calle, observa a izquierda y derecha. Se aleja con la cabeza gacha, con el pelo haciéndole de cortina. En mi cuaderno, un borrón de tinta negra.

23

Aprendí a escribir porque quería un perro. Pedí un perro desde que tuve uso de razón, pero mis padres no me dejaban tenerlo. Como no dejaba de pedirlo, sugirieron que lo pidiera a los Reyes Magos. Aprendí a escribir para mandar cartas muy convincentes a sus majestades. Les pedía un perro por escrito año tras año. Las cartas no funcionaban pero de pronto sabía escribir. Descubrí que escribir podía servirme para conseguir otras cosas siempre que no fueran un perro. Si era el cumpleaños de algún familiar, me estiraba sobre el terrazo de mi habitación con un folio en blanco. Cerraba los ojos y pensaba en lo que más me gustaba de esa persona. Si no se me ocurría nada, imaginaba que se moría. Era la manera más rápida de saber qué cosas echaría de menos. Trabajaba con material sensible y a contra reloj. Con el frío subiéndome por los muslos y la barriga, escribía un poema o una felicitación. Una vez añadidos los adornos en los márgenes, el texto se convertía en mi regalo. Resultó que los textos eran siempre los mejores regalos, los que provocaban más sorpresa y halagos.

Me convertí en una artificiera sentimental. Si los adultos lloraban quería decir que el poema era bueno. Enrollaba el folio en forma de dinamita y le hacía un lazo con una cinta bonita o un cordel. Después esperaba con ansia el momento de la detonación. Me moría por ver el cráter que iba a provocar mi explosivo casero. Las lágrimas asomaban sin falta en los ojos de las mujeres y, en menor medida, de los hombres.

Mi padre solía leer el periódico sin camiseta, sentado en una butaca con pantalones rojos de atletismo y chanclas de piscina. Aunque nunca le vi leyendo un libro, tenía un don para las palabras. Cantaba canciones y nos contaba cuentos antes de dormir, creaba mapas del tesoro con adivinanzas antiguas escritas con caligrafía pirata. Quemaba los bordes de esos mapas con un mechero. A veces se inventaba palabras y expresiones nuevas, como «achichole», «operación Melbourne» o «torniquete», para designar tipos de cosquillas. Mientras mi padre leía el periódico, yo leía el primer libro que me fascinaba: *Las brujas* de Roald Dahl.

Un día le escribí el primer cuento. Era sobre un dentista cuya cabeza termina explotando debido a los poderes de su paciente, una niña que le hace sentir el mismo dolor que él le provoca. Cuando le mostré el cuento, grapado y con dibujos, mi padre dejó el periódico a un lado y lo sujetó como si fuera a romperse. Lloraba de risa y un poco de emoción. Se reía tanto que se le veía el agujero de la muela. El agujero me daba un poco de miedo pero si lo veía sabía que mi padre estaba feliz. Llamó a mi madre. Dijo palabras como «talento», «mala leche», «imaginación». Entendí que escribir era la forma más rápida de llegar a mi padre, de capturar su atención. Entendí también algo más complejo: mis poemas de llorar gustaban a toda la familia, pero lo que le gustaba a mi padre, lo que me hacía distinta a las demás niñas, era la imaginación: la risa y la negrura. Mi personaje estrella, el favorito de mi padre, se llamaba Brunequilda. Era una vieja bruja con un moño muy tirante que conducía una Harley-Davidson y fabricaba mermelada de niños. Brunequilda vendía tarros con caras de niños en el mercadillo. Lograba que los padres untasen las tostadas con sus hijos.

Nunca tuve un perro. Mi padre quería que los perros me dieran miedo del mismo modo que quiso que me dieran miedo los hombres. Si iba con él por la calle y se aproximaba alguien con un perro atado a una correa, me apretaba la mano y cambiábamos de acera. Me decía que los perros estaban llenos de enfermedades, que nunca debía acercarme a ellos, mucho menos si no llevaban bozal. Podían arrancarme un ojo en un segundo, con un simple movimiento de cabeza. Te engancha con el colmillo y estás perdida.

En esa época me puse enferma. Sufrí varias neumonías y terminé ingresada en el hospital. Los médicos no se explicaban cómo podía pasar de un simple resfriado a una infección de pulmón en cuestión de horas. Dejé de ir a natación con los niños de mi clase. Mi padre empezó a decirme que iba siempre con el cuello al aire, que seguro que no me abrigaba bien a la hora del patio. Como pase por delante del colegio y te vea sin abrigo se te va a caer el pelo. Cuando tosía me miraba con una mezcla de preocupación y odio. Saca el moco, decía, saca el moco, cada vez más enfadado. Me obligaba a hacer vahos que me quemaban la cara. Me cubría la cabeza con un trapo de cocina y me la acercaba a la olla hasta que gritaba. Cuando tenía ganas de toser, si me daba tiempo, hundía la cara en el cojín más cercano para que no me oyera. Antes de irse a trabajar, mi padre me envolvía el cuello con un pañuelo. Hacía un nudo pequeño y tiraba. A veces me apretaba demasiado y me costaba respirar. Se me inundaban los ojos.

Tras varias neumonías seguidas, mi madre decidió cambiar de médico. Dejaron de darme los antibióticos que me hacían recaer. Descubrieron que lo que aceleraba la infección de pulmón era una alergia a los ácaros. Para cuando me recuperé del todo ya era una niña frágil a ojos de mi padre y, por extensión, de toda la familia. Crecí en los concursos de Sant Jordi y en las buenas notas, que eran los nuevos poemas de llorar y cuentos negros. Crecí en mi habitación mientras mi hermano jugaba en la calle con los perros y los hombres.

24

Ya sé que miss Sarajevo no saldrá en mi reportaje. La suya es una historia de una sola noche, en un sótano, en 1993. Nada tiene que ver con el tráfico de mujeres y sin embargo hace días que miss Sarajevo me acompaña a todas partes, como una estampita encontrada en la calle. Una santa que miro todos los días sin saber su nombre ni su poder. No sabría decir lo que me atrae de ella. Sé que su historia aún interesa a la gente, que quince años después siguen apareciendo refritos sobre miss Sarajevo en internet.

Hacía un año que el asedio había empezado. Cada día moría una media de siete personas. A diferencia del resto de Bosnia, algo unía a los habitantes de la capital más allá de las diferencias étnicas y religiosas: ser de Sarajevo. Muchos vecinos llegaron a una especie de pacto tácito: seguir viviendo, en la medida de lo posible, como si no cayeran bombas ni hubiera hombres apuntándolos en la distancia. La gente se movía rápido entre edificios, visitaban a amigos y familiares, subían al tranvía sabiendo que podía ser su último trayecto. Había sucedido antes: una bala atravesando la ventanilla. Los viejos vagones, lentos y renqueantes, eran el blanco perfecto para los francotiradores, pero los vecinos de Sarajevo siguieron ocupando los asientos y agarrándose a las manecillas. Lo hacían para que el tranvía siguiera existiendo, para proteger un tipo de amor que sólo se da en las ciudades y que une lo individual y lo colectivo en una costumbre silenciosa más poderosa de lo que parece. De la historia de miss Sarajevo me gusta ese límite excitante y difuso: cuando un acto de afirmación tozuda de la vida se vuelve un acto suicida.

Es mayo de 1993 y un grupo de ciudadanos ha decidido organizar un concurso de belleza en un sótano de la ciudad sitiada. La idea es llamar la atención de la comunidad internacional y forzar una intervención en el conflicto. Por ahí anda Bill Carter, un cooperante americano que se quedó atrapado al inicio de la ofensiva y que ahora sobrevive a base de potitos de bebé. Carter ha empezado a grabar escenas cotidianas de civiles que no forman parte de ningún ejército o grupo paramilitar. Adolescentes que juegan en un chasis calcinado, artistas underground que siguen organizando exposiciones, viejos que recurren al humor negro para no enloquecer. Cuando se entera del concurso, la idea le parece tan buena que decide organizar la filmación del desfile y convocar a los medios de comunicación. También llama a Bono, de U2, a quien conoció meses atrás en un concierto benéfico. A partir de ese momento todo empieza a coger velocidad, como cuando un remolino de hojas secas empieza a dar silbidos y golpetazos y termina llevándose algo por delante. Bono producirá el documental de Bill Carter a partir de sus imágenes de la resistencia civil en Sarajevo, entre las cuales destacarán las del concurso de belleza. El documental se titulará *Miss Sarajevo*. Bono también compondrá una canción con ese mismo nombre. Pavarotti hará los coros.

Dices que el río encuentra su camino hacia el mar
Y como el río vendrás a mí
Más allá de fronteras y tierras sedientas
Dices que como el río

llegará el amor
Y ya no sé cómo rezar
Y en el amor ya no sé esperar
Y en ese amor ya no sé esperar

Siempre que miro el videoclip de U2 lloro en el minuto 2:17, cuando miss Sarajevo da un paso adelante a cámara lenta, cubriéndose la boca con la mano tras ser nombrada ganadora. Ese día Inela Nogić tenía diecisiete años pero aparentaba treinta. Las chicas de los noventa querían parecer mujeres maduras, madres moteras o algo así. En cambio, las niñas de los noventa siempre hemos querido parecer más jóvenes.

El bañador de color blanco perla con lacitos sobre los hombros se estira sobre sus suaves curvas. Es de esos que cortan las ingles hasta la cintura, tan difíciles de llevar, pero las piernas de Inela se alargan sin incidentes. Es tan guapa que puedes fijarte solamente en su cara, dotada de eso que llaman belleza natural. Para mucha gente belleza natural significa belleza sin esfuerzo. Para mí tiene que ver con un tipo de belleza entre angelical y diabólica, involuntariamente sensual.

Pelo corto, rubio, con ondas. Su flequillo aún contiene el alma de un rulo. Ojos claros, ligeramente rasgados. Los pómulos se elevan sobre una boca larga y fina, lista para hablar. Inela es portadora del cóctel eslavo y otomano que he visto en otras chicas bosnias. Tiene la delicadeza de los cristales de nieve y la fuerza bailarina de las ondas del sol. La suya no es una belleza para mirar, sino para protagonizar telenovelas, óperas y aventuras. Cuando veo las imágenes del concurso, grabadas con múltiples cámaras desde distintos ángulos, pienso en cómo debía de ser caminar en bañador hacia todos esos flashes, qué se debe sentir al sonreír ciegamente; ser la reina de la belleza y sentirte orgullosa de ello.

En las imágenes también hay detalles sórdidos. El sótano es sombrío y el escenario tiene trozos de cinta aislante pegados al suelo. Los focos alumbran a una veintena de mujeres en bañador, pero las telas no se ciñen del todo a sus cuerpos. Al principio pensé que habrían usado trajes de baño para la ocasión —después de todo, estaban en plena guerra—, pero me di cuenta de que varias chicas lucían el mismo bodi en distintos colores. Al finalizar el evento, algunas concursantes dijeron a los periodistas que estaban más delgadas de lo que querían porque pasaban hambre.

Inela llevaba unos zapatos planos con cordones, unos zapatos feos que la hacían aún más guapa. No hubo corona: le pusieron una banda y recibió un ramo de flores. En un plano grabado durante el aplauso posterior al nombramiento, Inela mira hacia el infinito y respira hondo. El pecho arriba y abajo a cámara lenta, como diciendo lo hemos logrado, como mirando con alivio un futuro que no existe. Entonces llega el momento álgido, la imagen que lo resume todo: las concursantes suben al escenario y forman una hilera con Inela en el centro. Entre todas despliegan una gran pancarta: DON'T LET THEM KILL US. La piel del mundo se eriza, los flashes arrecian con una pasión blanca y desbocada, una gran eyaculación por la paz.

El concurso de belleza no sólo no generó ninguna respuesta de la diplomacia internacional, sino que el asedio a la capital bosnia se convirtió en el más largo de la historia moderna.

Bill Carter lo vio, Bono lo vio, periodistas de todo el mundo lo vieron: miss Sarajevo era una bomba simbólica. Los medios contaron la historia como un acto de resistencia civil inusual, un rayo de belleza en medio del desastre. Además, Inela era musulmana, de la etnia con más bajas civiles, y de Grvabica, el barrio de Sarajevo que aquellos días se conocía como «La Pequeña Hiroshima». Muchos periodistas se esforzaron en destacar que no se trataba de un concurso de belleza «frívolo al uso», sino una causa noble, un acto humanitario representado por mujeres en bañador —«El grito de auxilio más conmovedor de la historia»—.

Pero hay algo más bajo la superficie, algo que ha hecho que miss Sarajevo resucite una y otra vez como un mito de la cultura popular. Lo que hace eterna a Inela no es lo inaudito del concurso, ni tampoco su belleza, sino el hecho de que puede morir en cualquier momento. La mujer más bella de Sarajevo tiene diecisiete años y sonríe efímeramente bajo las bombas. La prueba de mi teoría es que poco después de que el concurso saltara a las televisiones de medio mundo empezó a correr el rumor de que un francotirador había matado a Inela en una calle de Sarajevo. Ella misma tuvo que aclarar que seguía viva. Lo hizo desde Ámsterdam, adonde había llegado gracias al efecto Bono. Los bosnios llevaban un año y medio con las comunicaciones cortadas cuando el cantante dispuso conexiones vía satélite para que Inela y otras concursantes hablaran en directo en los estadios llenos de su gira Zoo TV Tour. «Miss Sarajevo», la canción, formaba parte de un álbum benéfico grabado en colaboración con Brian Eno que fue un éxito en las listas europeas. *Miss Sarajevo* se hizo tan grande que Inela pudo huir en medio de la guerra.

Como no podía ser de otra manera, U2 fue la primera banda que tocó en Sarajevo después de que se firmaran acuerdos de paz. Inela voló a su ciudad natal en jet privado, en compañía de Bono y Brian Eno. Su canción iba a sonar por primera vez en directo, delante de cuarenta y cinco mil personas. Sin embargo, las cuerdas vocales de Bono fallaron en el último momento, y tuvo que cantar «Miss Sarajevo» a media voz. Tampoco importó demasiado: cuando llegaron los coros, la cabeza de Pavarotti apareció en una pantalla gigante y su voz elevó a miles de almas sedientas de belleza. Muchos fans de U2 dicen que fue el mejor concierto de la historia de la banda.

Subo al tranvía y miss Sarajevo me saluda con su bañador color perla entre pasajeros bien abrigados, sonríe y mueve la mano a cámara lenta. Entro a la panadería y me parece verla sacando bandejas del horno con un gorro de rejilla. Pienso en ella sin motivo, aparece sin más. Alguna vez me he preguntado si se sintió utilizada. Y por qué yo nunca podría hacer algo así: participar en un concurso de belleza para salvar a mi ciudad. ¿Quién es más libre de las dos? ¿Puedes sentirte libre y no serlo? ¿Se hizo ella estas preguntas? Seguramente no, pero eso no la hace menos libre.

Aquí viene (Ooh hoo)
las cabezas se giran.
Viene a llevarse la corona.
Aquí viene (Ooh hoo)
la belleza hace el payaso.
Aquí viene
surrealista con su corona.

Es probable que mi obsesión por miss Sarajevo se deba a algo mucho más simple: se ha convertido en la banda sonora de mis días de invierno en Bosnia. En vez de abrir la foto de Margaret Moth, escucho la canción de U2 y vago por la ciudad llena de restos de nieve sucia. El frío y su canción me permiten llorar y estar confundida. Se está bien aquí, sola entre todas vosotras.

25

Tres días antes de volver a los Balcanes me cité con un periodista sin voz. Boban Minić era de Sarajevo pero vivía en L'Escala, un pueblo de la Costa Brava, desde finales de 1994. Creo que aceptó quedar conmigo porque le dije por teléfono que no quería entrevistarlo, sino hablar de un asunto un poco turbio relacionado con su país. Boban había regentado un bar en el pueblo y en aquel tiempo se sacaba un sobresueldo escribiendo columnas y dando conferencias en centros cívicos y universidades, por lo que debía estar acostumbrado —quizá un poco harto— a atender peticiones de jóvenes sedientos de épica. Boban vivía de contar su historia y la contaba muy bien, si es que le quedaba un hilo de voz. Su afonía era un impedimento y también la prueba de su heroísmo, como una cicatriz que iba apareciendo poco a poco.

Cuando empezó el asedio a la ciudad, Boban trabajaba como locutor de Radio Sarajevo. Su programa cultural se vio interrumpido, pero entre sumarse a la lucha armada o seguir trabajando, prefirió seguir en directo las veinticuatro horas del día. Improvisó un programa alrededor de una sola idea: ayudar a la gente a sobrevivir. Entrevistaba a psicólogos y nutricionistas, compartía recetas con pocos ingredientes que podían encontrarse en cualquier lado, como sopa de ortiga o café hecho a base de maíz. Su sección más famosa se llamaba «Lazos rotos». Con ella ayudaba a los oyentes a encontrar familiares desaparecidos, comunicaba noticias felices y también tristes. En ocasiones trabajaba hasta treinta o cuarenta horas seguidas, en un estudio sin calefacción y con un solo vaso de agua en todo el día. Su mujer tuvo a su segundo hijo en un sótano donde casi muere desangrada. Su hermana murió en el primer atentado del mercado Markale junto con otras sesenta y ocho personas que intentaban abastecerse de alimentos. Boban logró sobrevivir a los bombardeos porque el edificio desde el que retransmitía tenía las paredes gruesas. Fue locutando la sección «Lazos rotos» cuando empezó a perder la voz. Para entonces hacía casi un año que su mujer había conseguido huir del país con sus dos hijos en un convoy de autocares custodiado por tanques de la OTAN. Un médico le dijo a Boban que si quería recuperar la voz tendría que pasar seis meses en silencio absoluto. Eso significaba que no podría trabajar, en cuyo caso estaba obligado a coger un arma. En medio de esa situación, logró un permiso de Radio Sarajevo para pasar un año en España y otro para cruzar el Túnel de la Vida, la única salida segura de la ciudad, que discurría por debajo de las pistas del aeropuerto.

No sabía lo que me iba a contar Boban sobre el tráfico de mujeres en Bosnia, si conocía el tema o le interesaba lo más mínimo. Habíamos quedado en que le llamaría cuando llegase a la parada de autocar del pueblo, por eso cuando le vi esperándome en el frío —los brazos cruzados sobre el chaquetón marrón, cuello subido, pelo gris echado hacia atrás— sentí una alegría absurda y empecé a mover la mano desde el otro lado del cristal. Boban alzó la vista, frunció el ceño y recorrió las ventanas oscuras. Cuando me vio, su cara cambió al instante, derritiéndose en una sonrisa paternal. Su sonrisa me conmovió tanto que bajé las escaleras del autocar con un nudo en la garganta. No entendía por qué me trataba tan bien si no me conocía de nada.

Cuando íbamos en dirección al paseo marítimo dos vecinos le saludaron tan efusivamente que costó que nos dejaran continuar. Una vez en el paseo, Boban dijo: Ven, será sólo un minuto, y nos acercamos a la línea de mar. Miró al horizonte y suspiró de forma teatral. Mira qué bonito el Canigó, como el monte Igman. Para los catalanes el Canigó significaba la libertad hacia Francia y para nosotros el Igman significaba escapar de los serbios, dijo. Tanto desde mi casa de Sarajevo como desde mi casa de L'Escala veo mis montañas nevadas. Los ojos azules se le humedecieron y su nariz se enrojeció. Pensé que Boban era el hombre más tierno de la Tierra, un héroe que además era buena persona.

Entramos en una cafetería con vistas al paseo y sillas de madera pintadas de azul celeste. Boban se frotaba las manos con una mezcla de frío y felicidad: su mesa preferida, junto a la ventana, estaba libre. Empecé a sentirme mal por querer hablar de cosas horribles. En cuanto trajeron los capuchinos, Boban se aclaró la voz y dijo que había hecho los deberes. Sacó un folio doblado del bolsillo de su abrigo. Tus sospechas son ciertas, dijo. Las violaciones de mujeres empezaron durante la guerra, pero el negocio como tal se construyó para los extranjeros, para las tropas de paz. Los bosnios, aunque quisieran, no podían pagar chicas. Piensa que en 1995 aún había toques de queda y la gente no tenía ni coche ni dinero. ¿Sabes el Arizona Market? Era un mercado construido en el distrito especial de Brčko durante la guerra, donde la gente iba a comprar por ser zona neutral. Los americanos financiaron la carretera hasta allí, de ahí el nombre, dijo Boban. Ya sabes que lo defendían como un símbolo de paz e integración y bla, bla, bla. Pues bien, parece ser que hubo varios asesinatos de mujeres en ese mercado, los últimos en 2001. Ese año encontraron a cuatro chicas desnudas en un río cercano, con las manos atadas y la boca tapada con una cinta de la OSCE. No pudieron identificarlas.

Los pies se me sumergieron en agua congelada. El nuevo novio de Nikolina quería trabajar en la OSCE. La vi a ella: flotaba boca abajo en una corriente negra, su espalda blanca bajo el foco de una linterna. ¡Mira!, gritó Boban de pronto, señalando hacia la calle por encima de mi hombro. Me giré pero no vi nada. ¡Es Dina, mi mujer! Acaba de pasar con el coche.

Boban perdió el hilo. Interrumpió su explicación por la visión de su mujer, con la que convivía a diario, durante un microsegundo. Lo extraordinario fue que no pudo volver: estaba tan enamorado de Dina que le fue imposible regresar a la conversación, a su identidad de periodista, las chicas muertas en el río. Empezó a decir vaguedades sobre la belleza de las mujeres bosnias, sobre una vecinita suya que se peinaba en la ventana cuando era niño. Boban perdió el hilo y yo supe que ningún hombre me quería así.

Le dije que no hacía falta que me acompañase a la parada, pero insistió. Cuando el autocar arrancó, saqué el móvil y empecé a teclear un SMS para Nikolina. Necesitaba huir de la ternura de Boban, de su mera existencia como hombre con heridas inmensas que no le impedían amar. Necesitaba decirle a Nikolina que iba a volver a Bosnia en breve, saber si seguía con su nuevo novio. Necesitaba sumergirme en la realidad como quien se sumerge en la ficción, para alejarme de un dolor que avanzaba a pesar de todo, como un río helado.

26

Repaso las preguntas en una mesa soleada. Mientras espero, el camarero trae el vaso de agua reglamentario, una costumbre que los Balcanes deberían exportar al resto del mundo. Amela Efendić llega acelerada, con la gabardina hinchándose como una capa. Sonríe, me estrecha la mano y mira su reloj de pulsera. Es una mujer enorme, de gestos rápidos y cabeza cuadrada.

Me enderezo y cruzo las piernas. No sé si te has dado cuenta, pero en Bosnia aún no entienden lo que es tener prisa, mucho menos lo que es ser una mamá trabajadora, dice con un inglés perfecto. Su energía es de jefa absoluta. Efendić estudió en Alemania y trabajó para la Organización Internacional para las Migraciones. Cuando volvió a Bosnia trabajó para el Gobierno. Ahora dirige Forum Solidarnosti, la ONG local que atiende más víctimas de tráfico. Tienen varios refugios, el más grande está en Doboj. Por cuestiones de seguridad no puede darme la ubicación exacta, pero sí puede decirme que se trata de un complejo con varias casas de colores: una para refugiados, otra para drogadictos... La lila es para las chicas. Ellas son el grupo más numeroso. Si estoy hablando con otras organizaciones locales, que supone que sí, debo tener en cuenta algo importante: su ONG es la única con certificado ISO internacional, es decir, la única que puede acreditar la calidad de sus servicios.

El camarero trae los cafés y ella parece recriminarle algo en voz baja. Menudo expreso, ¿eh? A pesar del servicio, es el mejor del centro. Efendić prosigue con su exposición. Su organización tiene un sistema de financiación que no gusta a todo el mundo, hay quien lo considera explotador. Las chicas trabajan las tierras que hay alrededor del complejo, eso les permite vender hortalizas. Cocinan y hacen la limpieza, excepto en invierno. Me imagino a Nikolina labrando la tierra con sus tetas rebosando el sujetador y estoy a punto de reírme. Le pregunto a Efendić si también reciben financiación de Emaús Internacional, que por lo que he visto es la organización madre de su ONG, de origen francés. Es correcto, dice en un tono seco. Mira, te irá bien que alguien te ponga un poco de luz en el caos, así que voy a ser totalmente honesta contigo. ¿Te importa? Me enseña un tubo de crema de manos y digo que adelante, por supuesto. Mientras Efendić empieza a frotarse y a expandir una suave fragancia de rosas —mientras intento no fijarme en los gestos rápidos y eficientes con los que hidrata sus manos profesionales; mientras intento no mirar su anillo de casada y su manicura francesa— dice que ella prefiere ofrecer asistencia médica y legal a las víctimas que no tener fondos y no servir de nada. Las otras cinco ONG que atienden a víctimas de tráfico no son profesionales. Es triste decirlo, pero es así. El Gobierno no debería darles ni siquiera esos dos mil míseros euros anuales. Esa es la verdad, dice abriendo las palmas brillantes y perfumadas. Además, ellos han comprobado que el trabajo en el campo sienta muy bien a las chicas. Cuando terminan los seis meses de estancia en su complejo, pueden acogerse a un curso de peluquería o de confección. Después las mandan a casa. Ella siempre les dice: Sé que es tu novio, que lo amas con locura, pero nunca debes darle tu pasaporte a nadie, tampoco a él. Jamás aceptes ser su puta porque necesite dinero para cualquier cosa. Siempre tratamos de explicárselo, pero es difícil, porque son jóvenes y están enamoradas.

Efendić mira el reloj, siente no tener más tiempo pero la esperan en comisaría. Debería ver a los agentes con los que tiene que tratar a diario. Niega con la cabeza. Con dos hijos y un marido despistado, sólo puede dar gracias al café expreso: Imagina que tuviera que vivir con café turco, dice soplando por la nariz. ¿Tiene tiempo para una última pregunta? Tiene tiempo para una última pregunta. No, no teme a los criminales. Aunque han tenido que trasladar siete veces el centro de Sarajevo y pronto lo moverán de nuevo. Nadie ve a los criminales ni sus burdeles ocultos, dice, son ellos quienes nos ven a nosotras. Venga, la última. Es correcto: la cifra de víctimas locales está creciendo y ya son la inmensa mayoría. Me da otro dato: el año pasado, el ochenta por ciento de esas víctimas fueron menores de edad. Considerando la situación en la que está el país, el Gobierno lo está haciendo bien. El Gobierno niega que esto esté sucediendo, respondo. La ministra de Derechos Humanos me dijo que las únicas víctimas locales eran gitanas. Ya sabes cómo es esto, dice Efendić, la política y la economía van siempre primero. En todos lados. Última de la última. Cuando habla de esas ONG no profesionales se refiere a La Strada, sí, entre otras. Pero La Strada es la peor. Ya suponía que habría conocido a Fadila. Lo que le ha pasado se veía venir. Ah, ¿que no me he enterado? Por fin la han despedido. No entiende cómo la central holandesa ha tolerado tantos meses de mala praxis. Efendić espera que poco a poco su país se vaya profesionalizando, las víctimas se lo merecen. Mira el reloj, se levanta. ¡Ha sido un verdadero placer!, dice mientras se aleja. ¡Y gracias por el café!

27

No estoy bautizada, pero vengo por el milagro. Me gustaría que alguno de los peregrinos que viajan en este autocar me preguntara qué hago aquí, si yo también voy a ver a la Virgen, y entonces decirlo alto y claro: No estoy bautizada, pero vengo por el milagro. Siempre me ha dado placer incomodar a la gente religiosa. Supongo que lo heredé de mi padre. También me dan placer los dobles sentidos que sólo yo puedo entender: He venido a Međugorje por el milagro, pero no el que todos piensan.

Nadie piensa nada porque todos los pasajeros bajan en distintos puntos de la carretera poco antes de llegar al complejo. Cuando el autocar resopla indicando el final del trayecto sólo quedamos una señora y yo. Se apresura en salir primero y desaparece por el lateral del parking. Puede que ni siquiera ella fuese una peregrina.

La sensación es de *far west*: brilla el sol y el viento me golpea los oídos. Hay unos montes amarillos con arbustos oscuros. El lugar está desierto, pero la acera amplia y en ligera pendiente me indica dónde ir. A mi izquierda hay una calle con tiendas de souvenirs y restaurantes cerrados, delimitada por una hilera de geranios rojos en flor. A la derecha se abre un conjunto de casas de dos pisos con banderas croatas ondeando en las esquinas y señales con nombres de hoteles como Glorija, Pellegrino y Quo Vadis. En la plaza, al final de la pendiente, está la iglesia de color beige con las dos torres. Y la estatua de la Virgen, blanca nuclear, clavada en un parterre de flores amarillas. Bajando por las baldosas prietas la sensación es diáfana y reconocible, como si el caos balcánico se hubiera detenido en las puertas de la santa Međugorje.

Estoy en un lugar sagrado de reciente fabricación. Según la web oficial del complejo, en 1981, la Virgen María se apareció a un grupo de adolescentes en un camino de cabras cercano. El Vaticano nunca reconoció el milagro, pero cada año cientos de fieles viajan hasta aquí para rezar a la Virgen y pedirle favores. Este sería el milagro conocido. El mío es más oscuro pero igual de espectacular. Antes de que dejáramos de hablarnos, Fadila me contó que Međugorje es una de las mayores tapaderas de tráfico de chicas de toda Bosnia.

Un tímido coro de voces sale de la iglesia. Voy en su dirección pero a medio camino me detengo y me acerco a la estatua de la Virgen. Siempre me ha costado mirar las figuras religiosas durante mucho rato, incluso las que parecen hechas con un molde de silicona, como es el caso. Sus ojos blancos y ciegos no me transmiten nada y sin embargo siempre llega un punto en el que tengo que apartar la vista, como si de ellos brotara un abrazo extraño del que sé que debo escapar. Esto también es cosa de mi padre. La iglesia es el origen de sus traumas. Algo le ocurrió en el orfanato de curas al que lo enviaron mis abuelos. Aunque nunca ha hablado directamente de los abusos que sufrió, sus insinuaciones y su odio hacia todo lo clerical han sido suficientes. Crecí con la idea de que los curas eran seres despreciables y escurridizos. Durante las comuniones de mis primas, mi padre mantenía una posición de soldado: las manos a la espalda, dejando claro que no iba a santiguarse. En sus mandíbulas prietas se intuía una sonrisa burlona. Se quedaba solamente al principio de la ceremonia. Después salía por la puerta de la iglesia, abriendo una gran franja de luz. Yo siempre quería ir con él, pero mi madre no me dejaba. Tras unos minutos de enfado me quedaba fascinada con aquel castillo frío en el que todas las niñas llevaban el pelo planchado, lucían vestidos blancos y finas joyas de oro. Una vez, para complacer a mi padre, me inventé que había metido el dedo en la pila de agua bendita y que había salido humo. Lo cierto es que nunca me atreví a sumergir el dedo, del mismo modo que ahora no puedo mirar los ojos de la Virgen durante mucho rato.

Se oye un estallido. Una moto de gran cilindrada se acerca a toda velocidad. El piloto, sin casco, lleva una camiseta de manga corta y unas gafas reflectantes que se adaptan a su cara. Hace rugir el motor y da una vuelta a la plaza. Doy un paso atrás, acerco mi espalda a la fachada de la iglesia. En la segunda vuelta, el piloto frena delante de la Virgen y entonces, como si detuviera el tiempo con los frenos, hace un caballito. La rueda delantera gira a toda velocidad por encima de su cabeza. Suspendido en el aire, se santigua con la mano que le queda libre. Sólo cuando se aleja con un estallido consigo descifrar el tatuaje de su brazo: una cruz gamada. No se me ocurre una escena que describa mejor la historia de este lugar que un nazi saludando a la Virgen. Después de todo, puede que este sí sea un lugar mágico.

En los setenta, en la Yugoslavia comunista, Medugorje fue escenario de una guerra fría entre una orden franciscana y el Vaticano. Los frailes croatas se negaban a ceder sus parroquias a la diócesis de Mostar, ciudad de mayoría musulmana, y la desafiaron construyendo la iglesia de color beis con las dos torres. El templo fue bendecido por un reducto *ustacha*, la milicia croata aliada de los alemanes durante la Segunda Guerra Mundial. Años después ocurrió el milagro. Una tarde, Ivanka, Mirjana, Vicka e Ivan, de entre quince y diecisiete años, vieron a una mujer que flotaba en la ladera de un monte. Una neblina le cubría los pies. Tenía el pelo negro y largo, las mejillas rosadas. Sostenía un bebé. La mujer les hizo un gesto para que se acercaran, pero ellos echaron a correr. Al día siguiente, una comitiva de familiares los acompañó al lugar. Todos vieron tres destellos que procedían de una colina cercana del monte Podbrdo. Los jóvenes empezaron a correr en esa dirección, tan rápido que parecía que volaran sobre las piedras. Cuando llegaron, los adultos los encontraron de rodillas, con los ojos cerrados y los brazos caídos. No respondían a sus nombres, y si los empujaban, no se movían. Cuando despertaron, las tres chicas y el chico empezaron a llorar y a abrazarse entre ellos. Habían visto a la misma mujer del día anterior, esta vez sin bebé. Mientras estuvieron dormidos, supieron que era la Virgen María, y rezaron con ella. Una de las chicas dijo que su voz era como el sonido de un instrumento que no existía. Antes de esfumarse, la Virgen reveló diez secretos a cada uno y se despidió con un mensaje: Paz, paz y sólo paz.

El obispo de Mostar acusó a los franciscanos de difundir un falso milagro. Al parecer, entre los llamamientos a la paz y a la oración había instrucciones de otra índole, como localizaciones para construir centros comerciales. Međugorje no paró de crecer desde la aparición. Se construyeron iglesias, casas y hoteles. Se inauguró un festival veraniego para jóvenes católicos, el Mladifest. Fieles de los cinco continentes empezaron a congregarse aquí para asistir a misas multitudinarias y subir hasta la cruz que se construyó en la colina del avistamiento. Los adolescentes que vieron a la Virgen son hoy adultos y se los conoce como «videntes». Ivanka y Marija son las más activas. La Virgen se les aparece varias veces al año y les revela mensajes que los frailes se encargan de transmitir a la comunidad.

He estado buscando noticias que relacionen Međugorje con el tráfico de mujeres. En los medios de comunicación no he encontrado nada, pero en internet sí: una página web de color rosa y letras medievales: Dios castigue a los traficantes. En una esquina hay un gif de dos manos juntas que se mueven arriba y abajo. Cada vez que haces clic en el botón central, tu rezo virtual se suma al contador con un sonido de campanas.

Es curioso que Fadila me pidiera fe todo el tiempo. Cuando me habló de Međugorje no aportó ninguna prueba ni contacto. Cualquier petición por mi parte habría sido interpretada como una acusación de mentirosa. Dice Fadila que los traficantes utilizan ofertas de trabajo de tiendas de souvenirs religiosos como gancho para atraer a las chicas. Después las traicionan y las explotan sexualmente en pisos de Sarajevo o Tuzla, o en casas dispersas en el campo. Međugorje actuaría como la tapadera perfecta: un lugar sagrado con movimiento constante de forasteros y con la frontera croata a tan sólo veinte kilómetros. A eso habría que sumarle que muchos bosnio croatas tienen la doble nacionalidad, lo cual facilita toda clase de contrabandos. No niego que haya indicios y altas probabilidades, pero con Fadila siempre me siento como Alicia en el País de las Maravillas siguiendo las señales misteriosas de un gato gordo y burlón. Es como si al investigar cosas de mujeres no pudiera sentirme una periodista seria y tuviera que guiarme por intuiciones, señales y polvo de hadas.

Todos los establecimientos siguen cerrados excepto uno: la tienda de souvenirs Holli. La cajera, muy joven, tiene un aspecto angelical. Está sentada muy recta frente a la caja registradora. Lleva un vestido amarillo de estilo campestre y una coleta baja. Me da la bienvenida con cordialidad, extendiendo el brazo. Me escondo en el pasillo de las figuritas de la Virgen y la observo a distancia. Camino entre cientos de figuritas falsamente clónicas. Aunque no lo parezca, cada Virgen es distinta: sólo hay que acercarse para comprobar que la pintura de los ojos se extiende hacia un lado u otro, formando miradas bizcas, estrábicas, orgásmicas. No hay ninguna mirada doliente entre las miniaturas. El espejo de la pared genera un efecto multiplicador, un punto de fuga perfecto: veo un ejército infinito de mujeres cómodas en su sufrimiento.

Sonrío a la dependienta y hago girar el expositor cargado de dedales, rosarios y minibanderas croatas que hay junto a la caja registradora. Encima del mostrador hay dos recipientes con tarjetas para rascar: «*Try your luck*» y «*A bless from Medugorje*». La dependienta me invita a coger una. Elijo la de la suerte, pero cuando voy a pagar, cojo también una de las otras. Me sonríe adelantando el cuerpo, mirando las tarjetas y después mirándome a mí: quiere que rasque una. Elijo la de la suerte y aparece una frase: «*Live all that life has to offer, without prejudice. Remember to make a wish*». Digo ajá y la chica se ríe. Cuando abre la caja registradora, le pregunto si le gusta trabajar aquí. Asiente con una fuerza inocente. ¿Puedo hacerte una pregunta? No preguntas, contesta rápidamente, de pronto inexpresiva. Me guardo las tarjetas en el bolsillo trasero del pantalón y salgo de la tienda. Puede que acabe de formular la pregunta más estúpida del mundo. Al menos, la más torpe periodísticamente hablando. Algo no encaja: su respuesta ha sido demasiado rápida, como si hubiera sido entrenada. Como si hubiera leído mis intenciones y nos hubiéramos comunicado en otro plano de realidad, por detrás de las palabras.

En el paseo, una mujer avanza de rodillas hacia la estatua de la Virgen. Junto a ella, de pie, la que tal vez es su hija sostiene una botella de agua con aire aburrido. La penitente tiene un pañuelo doblado debajo de cada articulación. Pasa la mayor parte del tiempo detenida. Son imbéciles. Como la chica de la tienda, como yo misma.

No sé cuál es el deseo de la mujer arrodillada, pero el mío es que me pase algo, que un traficante me traicione y me encierre en un cuarto con un colchón. Ir hasta el final, saber lo que es ser utilizada. Que Darko monte un operativo de rescate y que mi padre sufra tanto que cuando vuelva a verme me abrace sin dejar espacio entre nuestros cuerpos. Quiero ese poder de víctima: ser nada y todo a la vez, como la Virgen.

28

Necesito una tarde de chicas, pero sin Fadila. Escribo la frase en mi cuaderno, que está dejando de ser un cuaderno de reportera y empieza a parecerse a un diario de adolescencia. Sin darme cuenta he ido llenando las páginas de palabras crípticas repasadas mil veces con el bolígrafo, dibujos de cerezas con volumen y formas geométricas.

El invierno de Sarajevo no está teniendo el efecto deseado. No me está transformando en una elegante reportera en una ciudad decadente del Este, capaz de pasar horas en un café transcribiendo entrevistas sin pensar en mi novio, mi padre o en mí misma. Sarajevo insiste en devolverme el reflejo de un anorak viejo y desinflado, un flequillo demasiado corto y una cara de no saber muy bien lo que estoy haciendo.

Sin embargo, hoy hace un sol resplandeciente. Entro descalza en el salón del hostal y me asomo a los grandes ventanales: la bruma de la ciudad ha desaparecido. Conozco a la persona perfecta para una tarde de chicas: Amina, la intérprete más querida de la expedición. Es imposible no sentirse embriagada por sus modales dulces y anticuados, su profesionalidad, sus increíbles pestañas naturales. Amina representa la proporción áurea de la virtud femenina, un modelo de chica en vías de extinción que sin embargo nos sigue enamorando. Durante la expedición todos la queríamos cerca porque creíamos conocerla.

Nos citamos en la terraza más grande de la calle más comercial de Sarajevo, entre un Zara de reciente apertura y la catedral. Estoy emocionada porque sé lo que va a ocurrir a continuación. Al abrazar a Amina, notaré su cuerpo frágil y aspiraré su perfume dulzón. Pediremos dos capuchinos grandes con chocolate espolvoreado y compartiremos una pasta rellena de mermelada. Ella, siempre cordial, se mostrará muy interesada por lo que he estado haciendo en Bosnia. Yo se le contaré sin alargarme demasiado. Ella quedará impresionada: triste por lo que está sucediendo en su país y agradecida por mi investigación. Entonces pasaremos a los asuntos importantes, dirá ella, riéndose de su propio atrevimiento. Me preguntará si aún estoy con Darko. A mí me saldrá una sonrisa tonta y le diré que sí, que tenemos mucha pasión pero que a veces es complicado. Amina preguntará en qué sentido y yo le diré que es un chico con mucho potencial que vive en su mundo, que es tozudo y a veces un poco bruto. Entonces Amina se quedará pensativa y me contará, bajando la voz e inclinándose sobre la mesa, una clave secreta sobre los hombres bosnios. Esa clave me tranquilizará y me hará sentir bien. Pediremos otra pasta de mermelada y volveré al hostal renacida y segura de mí misma.

De mi predicción sólo se cumplen el perfume dulzón y los capuchinos grandes. Hace poco que Amina se ha casado. Tiene ojeras. Cuando le hablo sobre la investigación, dice que no le sorprende nada que la explotación sexual de mujeres esté creciendo en Bosnia. Ella misma conoce a dos chicas de su universidad que han hecho favores sexuales para pagarse los estudios. ¿Cómo no van a aprovecharse los criminales?, pregunta. Parece cansada. Hace tiempo que la han despedido de la Agencia Española de Cooperación y sólo da clases particulares. Su marido es un hombre normal, el amor de su vida, dice con una sonrisa. Un mecánico que no gana mucho. Para ellas, los hombres buenos son los que tienen negocios y llevan relojes grandes. Negocios, repito. Sí, de lo que sea, lo importante es el dinero.

A nuestro lado hay una mesa de hombres que responden a ese perfil. Los pocos clientes de la cafetería nos concentramos en las mesas delanteras, las más cercanas a la fachada de la iglesia y a la calle peatonal. Detrás de las pocas plazas ocupadas hay decenas de sillas vacías perfectamente alineadas que no van a llenarse nunca.

Parejas de chicas desfilan delante de las mesas. Charlan agarradas del brazo, derechas y contenidas como velas que no quieren apagarse. Sus atuendos, sexis y oficinescos, están milimétricamente estudiados. Camisas entalladas, escotes en pico, tejanos elásticos. Moños estirados y melenas planchadas con las que hacen señales de espejo. Es curioso, le digo a Amina, dos chicas han pasado varias veces por delante de nosotras, pero por su forma de andar no parece que estén paseando, sino que vayan a un lugar con cierta prisa. Lo hacen adrede, dice Amina, para que nadie diga que se están mostrando.

Al parecer, la terraza en la que nos encontramos es uno de los principales palcos donde se sientan los hombres que interesan a las amigas de Amina. Nunca verás chicas sentadas en estas mesas, dice. Visten como ricas pero no tienen ni un marco. Eso me hace recordar una anécdota con Damir, otro intérprete de la expedición. Aquel día en la furgoneta íbamos Damir y todo chicas. Como ya era habitual, nos divertíamos haciéndole hablar de amor y de sexo. Damir es extremadamente tímido, cuida a su madre enferma y estudia para ser buen policía —siempre remarca el «buen»—, como su difunto padre. Sus mejillas ardientes se hicieron famosas entre las chicas de la expedición. Aquel día le preguntábamos sobre las prácticas sexuales que se permitían antes del matrimonio. Podíamos notar las vaharadas de calor que le salían por el cuello de su polo. Damir estaba rojo, sonreía como un loco. Los cristales de la furgoneta se empañaron. En un momento dado, interrumpió nuestro coro de risas y anunció que iba a decir una verdad: a todas las chicas que conocía sólo les importaba el dinero de un hombre, nada más. Incluso sus amigas con estudios pensaban sólo en eso, dinero, dinero. Las risas se cortaron de golpe. Damir estaba enfadado. Después de un largo silencio, le pregunté cuántas de tus amigas con carrera tenían trabajo. Su frente se destensó al instante y me miró con dulzura. Ninguna, dijo. Continuamos el viaje en silencio, Damir mirando al frente desde el asiento del copiloto.

Casarse por amor es estúpido en tiempos de crisis, dice Amina, y aquí sólo conocemos la crisis. Si eres chica, estudiar sólo sirve para casarte mejor. Todas saben que su juventud y su belleza son lo único que tienen para lograr una buena vida. Pero algunas no podemos ignorar el amor, a veces es demasiado fuerte. Amina alza los hombros y sonríe de nuevo, pensando en su mecánico fortachón de cejas pobladas. Entonces es cuando me pregunta por Darko. Le digo todo lo planeado, pero Amina no me desvela ninguna clave reconfortante sobre los hombres bosnios ni teje ningún hilo de complicidad conmigo: ¿Puedo decirte algo? Te mereces algo mejor.

Una nube cruza el cielo y Amina se aleja con el sonido de las campanas. El hechizo de la tarde de chicas se ha desvanecido. Camino en dirección a los adoquines del casco viejo para sentir algo bajo los pies. Noto un tirón en la mochila. Me giro pensando que me he enganchado con algo, pero detrás de mí hay una chica con un fular amarillo en la cabeza. Tiene los ojos muy abiertos y tira del asa de mi mochila. Tardo unos segundos en tirar con todas mis fuerzas. Nuestros cuerpos se vuelven borrosos, ella sigue haciendo fuerza y gruño. El capuchino me sube a la boca. Entonces me deja ir, suelta el asa. La chica se aleja cubriéndose la boca con el fular amarillo. Se detiene en una esquina y me mira desde lejos. Por sus ojos sé que está sonriendo.

Corro por la calle de los adoquines y entro en una tienda de antigüedades. Un señor fuma en pipa sentado en un taburete diminuto. Para apaciguar mi respiración, me escondo detrás de una montaña de cascos y granadas. Desde aquí puedo vigilar la puerta y detectar cualquier movimiento amarillo. Empiezo a toquetear los montones de monedas oxidadas, a pasar los dedos por hileras de postales y fotografías viejas mezcladas. Miro hacia la puerta y tiro de una al azar. Aparece una foto en blanco y negro de una joven sentada en una roca. Lleva una boina ladeada con una estrella en la parte frontal, un rifle le cuelga del hombro. Su expresión es un punto intermedio entre sonrisa poderosa y ceguera por el sol. Sé que las partisanas yugoslavas existieron, pero nunca había visto una de verdad. En el dorso de la fotografía, escritas a mano, están las iniciales de una chica de Sarajevo que pareció vivir un tiempo heroico y grandioso, muy lejos del presente. Si está viva, tendrá sólo sesenta y seis años.

29

Cuando faltan dos días para volver a Barcelona definitivamente, recibo una llamada desde un número oculto. Es Fadila. Suena alegre y eso me preocupa. Quiere que nos encontremos en su cafetería favorita de Mostar, especializada en tartas. Una tarde de chicas, recuerda. Cuando acepto la invitación, no sé que esta será la última vez que la vea.

La cafetería está en la zona croata de la ciudad. Con una terraza exterior acristalada y dos setos cónicos custodiando la puerta, el local supera mis expectativas de *kitsch* balcánico. Las mesas, redondas y con manteles hasta el suelo, están rodeadas de sillas blancas. Una alfombra fucsia conecta la terraza con el interior. Al fondo, una luz azul eléctrico transforma la atmósfera de salón de té a club nocturno. Las pinzas que sujetan los menús son lazos blancos de tela.

Fadila mueve el brazo desde una mesa junto a la ventana. Junto a ella hay una mujer mayor con jersey de cuello de cisne que fuma en pipa. Fadila me da dos besos sin contacto, por lo que entiendo que la tarde se desarrollará en el máximo nivel de cuquismo. Su amiga se llamaba Vesna. Me extiende su mano esquelética con la cara pétrea. Lleva un corte francés con raya a un lado. Muestra todas sus canas. Deduzco que debe tener la misma edad que Fadila, aunque está a años luz en cuanto a elegancia. Fadila viste su habitual uniforme negro y su pelo de llamita, pero esta vez también luce un coqueto clip de pedrería agarrado a un mechón encima de su oreja. Empieza a rebuscar en su bolso mientras me cuenta cosas de Vesna. Somos amigas desde jovencitas. No te lo creerás, pero Vesna fue jueza, una de las grandes del país. Fadila desenrosca un pintalabios derretido y se unta los límites de la boca, dejando dos pegotes en las comisuras. ¿Sabes? —dice mientras aprieta sus labios inexistentes— Vesna me ayudó a comprender a las víctimas drogadictas, si eran culpables de sus crímenes o no... Las drogas lo complican todo, dice Vesna. Las chicas son demasiado débiles. No parece la jueza más empática del mundo. Fadila guarda el bolso y llama al camarero con un chasquido de dedos. Vesna da pequeñas caladas a su pipa.

1 trozo de pastel de chocolate y avellanas
1 trozo de tarta especial de cereza
Té negro para tres

Fadila se comporta como si la estuviesen entrevistando para la televisión, con un exceso de energía y autoconciencia. No le pregunto por su despido en La Strada: puede que esté representando su felicidad como un acto de desesperación y un intento de supervivencia. Tampoco es la primera vez que la veo actuar para sí misma, como cuando hacía de heroína de acción o de mujer zen cuya vida se regía por el feng shui y las piedras, o como cuando interpretaba a una persona preocupada por su dieta. Fadila es capaz de crear pequeñas fantasías autoconvincentes, de ser directora y protagonista de una película que se proyecta en su cabeza por un breve lapso, durante el cual, como espectadora de sí misma, es capaz de rellenar sus reservas de seguridad. Esta tarde sus extravagancias no me incomodan como otras veces. Hoy esta mujer mayor con la boca pintada como un payaso jugando a las tacitas en una cafetería de verdad me parece alguien con una fortaleza fuera de lo común.

Cuando traen el té, quiere mostrarme la finura de su taza de estilo clásico, alzándola como una azafata feliz. La mano le tiembla tanto que vuelve a dejarla en el plato sin una sombra de vergüenza. Han traído tres cucharas para las tartas, pero Vesna declina con un minúsculo gesto de mano.

Fadila empieza a comer a un ritmo pretendidamente lento. Vesna fuma recostada en el respaldo de su silla y con las piernas cruzadas, como en una tertulia literaria. El té caliente y el azúcar me ablandan la columna. Entro poco a poco en la fantasía de Fadila, empiezo a creer que estoy en un elegante café con dos viejas damas europeas. Como si se hubiese dado cuenta y quisiera premiar mi imaginación, Fadila empieza a rememorar su pasado. Tendríamos que irnos cuatro décadas atrás, dice. Éramos tan jóvenes... Fuimos a Viena juntas, tuvimos romances. Vesna esboza una sonrisa mientras prensa el tabaco de su pipa. Fadila, nunca me has contado tu historia, digo. Oh, querida, contesta, y llama al camarero de nuevo, con ilusión renovada. Mientras repasa la carta, me atrevo a señalar un strudel de manzana.

Tarta Sacher, le dice al camarero.

Verás, querida. Yo estudié leyes e idiomas, y durante mucho tiempo fui profesora —no especifica dónde—. Mi marido se dedicaba a las finanzas. Trabajaba para el partido —los hombros se le enderezan inconscientemente, en un gesto de orgullo—. Teníamos una buena vida, íbamos a Praga. Cuando el Gobierno de Tito empezó a ir mal, mi marido se quedó sin trabajo. Nos lo llevamos todo allí, pero cuando la guerra estalló, nos quitaron el dinero del banco. Nos quedamos sin nada. Durante la guerra estuvimos en Mostar, en nuestra casa. Me hice voluntaria de Médicos sin Fronteras porque sabía inglés. Cuando todo terminó, trabajé como intérprete para otras ONG. Ahí fue cuando vi que lo que estaba pasando con las mujeres era verdad. Cientos de violaciones, chicas que venían de fuera, engañadas. Todo el mundo lo comentaba, pero nadie hacía nada. Poco después conseguí que me ficharan en La Strada. Desgraciadamente, mi marido enfermó.

Fadila hace una pausa y se mete en la boca un trocito muy pequeño de tarta. Lo deshace con la lengua. Inmediatamente corta un trozo más grande y sigue hablando con la boca llena.

Siempre he luchado por vivir con la cabeza alta. Cuando la guerra terminó no había oportunidades para nadie, más o menos como ahora, pero a los hombres que lucharon les dieron una pensión. A las mujeres, ni agua. Tienes que entenderlo, querida —dice señalando a Vesna y a sí misma—: Antes éramos alguien, ahora no somos nada.

Vesna expulsa una bocanada que le oculta el rostro. El humo se dispersa pero se queda instalado encima de la mesa, entre nuestras cabezas. Es una bruma insistente, una señal que me persigue y viene de lejos.

Vesna y Fadila son vestigios del pasado, miembros de una aristocracia socialista extinguida. Para ellas el paso del comunismo al capitalismo supuso un expolio material pero también simbólico, la pérdida del orgullo y la caída en la irrelevancia social. Aunque nunca estuvo previsto que alcanzaran las mismas cotas de poder que los hombres, en la República Federal Socialista de Yugoslavia las mujeres formaban parte del relato y ocupaban ciertos puestos de calado por una necesidad ideológica. Con el auge de los nacionalismos, las bosnias empezaron a ser ensalzadas de un modo muy distinto: ya no eran compañeras de partido, combatientes o campesinas constructoras de la patria de brazos arremangados, sino parte de un escudo bordado en el pecho de los hombres, un tesoro que debía protegerse.

Esta devaluación social femenina fue un factor que influiría en el horror que muchas sufrieron después. La guerra de Bosnia fue la primera en la que las violaciones se utilizaron sistemáticamente como arma de guerra entre distintas etnias. Los cuerpos de las mujeres se convirtieron en territorio de conquista y los embarazos en territorio conquistado. La llegada de la paz, con su burocracia, sus recortes y privatizaciones, las terminó de desposeer simbólica y materialmente. Sólo los cuerpos jóvenes y bellos resplandecen en medio de la bruma.

En la última imagen que tengo de ella, Fadila está intentando ponerse rímel en sus ojos sin pestañas. Se ensarta el rodillo de forma perpendicular en el párpado y el lagrimal. A base de toquecitos, se llena el contorno de manchas negras. Cuando termina, me sonríe exultante.

30

He encontrado el pasaporte de Olena Popik en internet. Su pasaporte no debería estar en internet, pero lo he encontrado y lo he impreso y ahora su cara de Blancanieves asoma en el bolsillo de mi anorak. La foto tiene mucho contraste. Su melena negra y encrespada se une cromáticamente con su jersey de pico oscuro. Tiene la cara blanca, quemada, eso resalta sus labios gruesos y sus ojos bondadosos.

Voy de camino al Media Centar, una pequeña organización que vela por la independencia periodística en Bosnia. El otro día conocí a su director, Boro Kontić, y me enteré de que ahí dentro tienen una pequeña hemeroteca. Me gustó que el local tuviera una barra con camarero permanente aunque no hubiera nadie, y que se encontrara en los bajos de un megabloque de viviendas del barrio de Otoka, entre una peluquería y un colmado, con niños gritando afuera. Le dije a Kontić que quería documentarme sobre el caso de Olena, quería copias de todo lo que se hubiera publicado. Me dijo que viniera esta tarde, él mismo me ayudaría con la impresora. Se acordaba de su caso.

Olena Popik nació en 1983 en la ciudad ucraniana de Dnipropetrovsk. De ella, de su vida, no se sabe nada, sin embargo mucha gente la conoce en Bosnia. Saben su nombre completo y procedencia, recuerdan su cara, conocen su historial médico. Muchos habrán visto su pasaporte en la televisión. La fama de Olena empezó el 1 de noviembre de 2004. Aquella tarde, un hombre la dejó en la puerta del hospital de Mostar en un estado de semi-inconsciencia. Tenía veintiún años, uno menos que yo, e iba a morir al día siguiente. Que Olena iba a morir seguramente el hombre lo sospechaba. Lo que no podía prever es que aquella chica moribunda iba a aparecer en todos los medios de comunicación de Bosnia y de varios países de la zona.

Hace frío pero voy andando. Hace tiempo que me muevo mucho más rápido por la ciudad. Ya no lo observo todo como si tuviera un significado especial. Sólo veo edificios en mal estado y gente deprimida. Ahora entiendo a todos los que me decían que se irían si pudieran, que aquí no hay nada que hacer, que nunca entrarán en Europa. Lo decían en un tono que me parecía extraño, alegre incluso: hablaban con la dulce resignación de quienes comprenden el tamaño de la jaula que los encierra, con una especie de estado de relajación surrealista. Sólo los cuervos, con sus plumas negrísimas y su mirada malévola, parecen conservar un poco de orgullo en Sarajevo.

Cuando murió, Olena llevaba pocos meses en Bosnia. Al principio estuvo en Serbia, donde entró ilegalmente desde Ucrania. En Celje, Eslovenia, estuvo dos años. Después fue a Livno, Croacia. Desde que se marchó de su casa en busca de un trabajo, Olena llevaba tres años prostituyéndose en varios países balcánicos. Llegó a Sarajevo en 2003. Empezó a trabajar en el club Florida junto con otras diez mujeres extranjeras. A principios de 2004 la llevaron a Tuzla, donde fue vendida a Dženan Golić, dueño del club King. Al cabo de un mes hubo una redada policial. Se identificó a Olena y a otras dos mujeres ucranianas. Olena declaró no ser víctima de tráfico y fue expulsada del cantón con una orden del Ministerio del Interior. Entonces Dženan Golić le propuso matrimonio para facilitar su estancia en el país, y ella aceptó. Fue trasladada a Mostar, donde le dieron alojamiento a cambio de su documentación. Golić organizaba las citas de Olena en el bar de la gasolinera El Tarik, en el barrio de Tekija. Ella hacía servicios a domicilio. Olena enfermó, Golić siguió organizando fiestas en clubes de Mostar para captar clientes.

Un estallido me detiene. Una moto de gran cilindrada acaba de cruzar la avenida como una exhalación, pero retengo la imagen: el piloto llevaba un casco negro mate a juego con la moto. Su acompañante, en el asiento trasero, iba agarrada a él con el culo en pompa. No llevaba casco. Su melena rubia ondeaba como una bandera.

Cuando los médicos comprobaron el estado de salud de Olena, detectaron cuatro enfermedades de transmisión sexual: sífilis, hepatitis C, tuberculosis y el virus del VIH. Los médicos llamaron a la policía y en pocos minutos varios agentes se presentaron en la habitación de Olena. Después de comprobar el diagnóstico, se pusieron en contacto con la Fiscalía Estatal y la interrogaron. Olena declaró que atendía a ocho clientes al día y que no usaba protección. En ese instante pasó a convertirse en una alerta sanitaria.

Hace unos meses escribí a un periodista que estudió con mi padre. Trabaja en la sección internacional de un periódico importante. Aceptó reunirse conmigo y que le contara mi investigación. Dijo que la veía muy publicable. En el correo que me ha mandado hace un rato me dice educadamente que le parece que ya tengo suficiente material para hacer algo «potente». No sé cómo decirle que no puedo parar de pedir entrevistas y buscar información sobre Olena. No sé lo que estoy buscando, sólo sé que necesito buscar.

El camarero del Media Centar está limpiando la cafetera. Se gira lentamente y me mira con ojos soporíferos. El local está vacío. Llamo a la puerta del despacho de Kontić: ¿Preparada?, dice nada más abrir. Decidimos imprimir todos los artículos que contienen las palabras «Olena» y «Popik». También los que están en alfabeto cirílico. Hay dos impresoras. Kontić se ocupa de una y yo de otra. Me ayuda a grapar los artículos y a separarlos entre decentes y malos. Al cabo de media hora llaman a la puerta. Es el camarero, que trae dos cafés. Aunque el despacho está lleno de libros y papeles, sabe dónde hay un trozo de superficie despejada en la que dejarlos.

La policía hizo miles de copias de la fotografía del pasaporte de Olena y las distribuyó por las zonas donde había estado. Las órdenes eran claras: todo el que hubiera tenido contacto con ella debía realizarse pruebas médicas. Durante la rueda de prensa que se convocó en el hospital, distribuyeron fotocopias de su pasaporte. Los corresponsales de los países vecinos en los que había estado Olena se volcaron en la historia y cundió el pánico.
El Tribunal Estatal de Bosnia y Herzegovina condenó a Dženan Golić a dos años de cárcel. Salió el 18 de febrero de 2005. Zdravko Vidović, que trabajó con Golic en sus negocios de Mostar, fue condenado a dieciocho meses. Ambos reconocieron su culpabilidad ante el fiscal.

Abrazo los folios calientes y le doy las gracias a Kontić. Los meto en la mochila y salgo del Media Centar.

Camino de vuelta al hostal en un estado de relajación. Me tranquiliza transportar un montón de fotocopias que no puedo leer.

Una cosa que me sigue gustando de Sarajevo es cuando se hace de noche y las ventanitas de las moles residenciales empiezan a encenderse. Hay tantas en un solo edificio que algunas se prenden a la vez. Sin embargo, todas tienen un color distinto. Amarillo, blanco, azul, ocre... Cada ventana es una habitación, y cada habitación puede ser una prisión o un refugio. O un lugar intermedio, una especie de limbo.

A finales de noviembre de 2004 el cuerpo de Olena Popik fue repatriado a Dnipropetrovsk. Allí la esperaban su madre y su hija de tres años.

*

«Considerando el hecho de que Olena Popik sufría enfermedades de transmisión sexual y supone una amenaza debido al contagio del virus a otras personas, el departamento de Enfermedades Infecciosas del hospital de Zenica ha publicado un anuncio en el que se pide a todos aquellos que estuvieron en contacto con Olena Popik que acudan al hospital para hacerse un chequeo. Si lo desean, el anonimato está garantizado». Radio croata en Herzegovina, Bosnia. 5 de noviembre de 2004.

«Cualquier hombre que buscara el placer sexual con prostitutas en Celje hace dos años debe echar un vistazo a esta fotografía. Si pueden reconocer a Olena Popik, de veintiún años de edad y procedente de Ucrania, debe disponerse inmediatamente a un examen médico [...]. Se desconoce el número de hombres que en el lado soleado de los Alpes haya podido sucumbir a los encantos de Olena, pero, de acuerdo con la información policial, el promedio era de ocho por día». Web de noticias *Delo*, Liubliana, Eslovenia. 8 de noviembre de 2004.

«Popik, que era una chica extraordinariamente hermosa y atractiva, se convirtió en la estrella de las fiestas privadas y de los clubes de Novi Sad. En Belgrado cobraba por sus favores unas cifras astronómicas, de trescientos a quinientos marcos alemanes. Sus clientes eran ricos empresarios y políticos serbios». *Slobodna Bosna*, 2 de diciembre de 2004. Danka Savić.

«Al piso de Tekija donde Olena estuvo prisionera llegaban cada día grupos de chicos de Mostar. Dženan Golić supervisaba y vigilaba a la chica junto a Edin Kreso. Después de su muerte la policía de Mostar llamó a conversaciones informativas a clientes de toda Herzegovina. Todos ellos quieren colaborar con las autoridades para que las personas que explotaban a la chica sean arrestadas y sancionadas». *Slobodna Bosna*, 2 de diciembre de 2004.

«Por el precio de la chica y la nueva costumbre de los jóvenes estudiantes de "aprender el negocio" se teme una epidemia de sida en esta parte del mundo. [...] Las autoridades médicas en Herzegovina están tratando de localizar desesperadamente a unos trescientos sesenta clientes que podrían haberse infectado. Es difícil que los encuentren, porque la mayoría de bosnios y croatas se sienten incómodos con los test y la exposición potencial a la vergüenza en sus comunidades tradicionales». «Another balkan femme fatale», *Draxblog*, 13 de noviembre de 2004.

«Ella empezó con un precio alto, entre ciento cincuenta y doscientos dólares por cliente. Era joven y muy atractiva. Al final de sus días, debido a su estado de salud, su precio bajó a los cinco dólares». Find a Grave Memorial 10143962. Burial, esquela virtual. Publicado por Katja. 17 de diciembre de 2004.

«Al principio la respuesta fue pudorosa. Al hospital de Mostar llegaron cincuenta hombres, pero se cree que muchos más se hicieron los test en otros lugares para mantener el anonimato. Los médicos estimaron que centenares de personas podrían estar infectadas, sobre todo hombres jóvenes que se habían iniciado con Olena». «End of a Tragic life», *The Slovenia Times*.

«Las clínicas eslovenas notaron un aumento de peticiones para el test del sida cuando aparecieron las noticias de su muerte. Ahora el diario *Finance* informa que algunos *night clubs* de Eslovenia están registrando un noventa por ciento de disminución de ganancias porque sus *strippers* son ucranianas». 9 de diciembre 2004, *Slovenia Bulletin*.

«La semana pasada fue enterrada en Ucrania Olena Popik, de veintiún años, prostituta que hace un mes murió en Mostar [...]. Los restos mortales de Olena, que murió en el departamento de Enfermedades Pulmonares y TBC en Mostar, fueron trasladados de la morgue al aeropuerto de Sarajevo [...]. Mientras residió en Bosnia, la chica contaminó con sus enfermedades a miles de ciudadanos de Bosnia y Herzegovina». *Slobodna Bosna*, 2 de diciembre de 2004. Danka Savić.

31

La forma más barata de volver a casa es un tren nocturno Sarajevo-Zagreb. Desde allí cogeré un vuelo *low cost* hasta Barcelona. El viaje en tren dura unas siete horas, pero me apetece pasar todo ese tiempo en una de esas viejas cabinas con largos sillones a lado y lado, y dejar que la máquina me meza hasta que se haga de día. Lo bueno de los viejos trenes balcánicos, además de que se puede fumar, es que intentan imitar un confort del pasado, con asientos de piel y materiales nobles. Viajar en ellos se siente como si un hombre solícito te llevara en brazos por el continente: notas el contacto con la tierra, el crujido de las articulaciones; sientes la energía que te aleja de un lugar.

Cuando llego a la estación ya es de noche. Hay siete hombres distribuidos en el vestíbulo. Apuran sus cigarros, carraspean, se abrazan a sus abrigos y anoraks. Llevan bolsas de plástico o pequeñas mochilas. Tras el cristal de la taquilla hay dos funcionarios uniformados, un hombre y una mujer. Hablan y fuman. La mujer rellena mi billete a mano y me lo entrega sin mirarme.

Todas las cafeterías del vestíbulo están cerradas excepto una, poco iluminada y vacía, que no me inspira ninguna confianza. Compro un café de máquina y de pronto me hago visible a los presentes. Me siento en el suelo, en un rincón. A los pocos minutos aparecen tres niños gitanos. Una niña mayor y dos más pequeños. Uno de ellos lleva una zapatilla distinta en cada pie. En un gesto de coraje, la niña se sube los pantalones y entra en la cafetería oscura. Empieza a cantar una especie de balada con su vocecilla afónica. Consigue un refresco, que beben los tres, escondidos tras unas torres de sillas apiladas. Van llegando más pasajeros.

En el tren, me apresuro a encerrarme en una cabina vacía. Coloco la mochila a un lado y encajono la maleta bajo mis pies, junto a la ventanilla. Los pasajeros caminan ruidosamente, miran al interior de mi cubículo por la abertura de la puerta y pasan de largo. Me aferro al espejo negro de la ventana y a su robusto marco de hierro, a la esponjosidad del asiento verde y aterciopelado; sueño con poder descansar durante el viaje, alejarme lentamente de Bosnia. Dejar que el tren me lleve y que el sueño aposente todo lo vivido.

Pasan quince minutos y el tren aún está parado. Por el trasiego, deduzco que muchos pasajeros no estaban antes en la estación y que el tren saldrá cuando se haya llenado.

Un hombre abre la puerta y pide permiso para entrar. Asiento resignada. Tiene los ojos y el pelo claros, la cara bronceada. No lleva equipaje. Nada más sentarse me ofrece un cigarro y acepto. Se llama Muhammad, es de Libia y le alegra mucho que yo sea de Barcelona. Mezclamos palabras en bosnio, inglés y francés. Hablamos de fútbol, de su bebé de dos años, de que estuvo en la guerra a los dieciocho años y cómo eso lo marcó para siempre. Muhammad es simpático. Cuando el tren arranca y nos adentramos en la oscuridad de la noche, me siento afortunada de tenerle como compañero de cabina.

Muhammad alza el dedo para llamar mi atención, abre la cremallera de su chaqueta de chándal y extrae una bolsa de plástico cerrada con un nudo. La abre y saca dos manzanas verdes. Se frota una en el pecho y me la da. Dice que en las calles de Sarajevo hay muchos árboles y que dan manzanas buenas.

Nos acercamos a la primera parada. Ha pasado hora y media. Muhammad me pregunta sobre la situación económica de España, quiere saber si hay oportunidades. No soy demasiado clara y se queda pensativo. El convoy se detiene en medio del campo. Nos asomamos por la ventana: tan sólo se ve una pequeña caseta con una bombilla, la sombra de un hombre muy abrigado que levanta el brazo y toca un silbato de metal. De pronto oímos un ruido en el pasillo. Los nuevos pasajeros suben al tren desde los matorrales, escalando.

Muhammad está alerta ante el baile de pasos. Un hombre abre la puerta corredera con dificultad y se dirige a él. Es viejo, canijo, luce un sombrero ruso de color indeterminado y la cara le cuelga desde los pómulos. Tiene la piel tostada y aceitosa. Lleva mitones y varios abrigos superpuestos. Agradece a Muhammad que le permita entrar y hace varias reverencias. Se quita el sombrero y nos muestra su pequeño cráneo abrillantado. Su mal olor empieza a expandirse por la cabina. Le indica a Muhammad que tendrá que ayudarle, lleva tres bultos y un carrito de la compra y quiere subirlo todo al portaequipajes. Una vez instalado, llega un revisor y parece preguntarnos a Muhammad y a mí si todo está bien. Advierte al viejo de algo, que asiente sumiso hasta que el revisor desaparece. Entonces se relaja, se presenta alargándonos la mano: se llama Ramo y quiere saber si estamos casados. Muhammad niega con timidez. Ramo se sienta y nos observa bajo sus párpados marchitos mientras saca bolsas de plástico arrugadas de entre las capas de sus abrigos. Saca una, la despliega sobre su regazo, la plancha con la mano y la pliega cuidadosamente. La vuelve a guardar. Tiene unas uñas grandes y ennegrecidas. Muhammad está cabizbajo. Le observo de reojo y me mira alzando los hombros, como disculpándose por algo. Suspira, enciende un cigarro. Después mira al techo pensativo, susurra cosas en bosnio. Creo que intenta encontrar una palabra. Al final, dice *sorry*. Muhammad se baja en la siguiente parada y me deja sola con Ramo.

Son las tres de la madrugada. Está previsto que lleguemos a Zagreb a las seis y media de la mañana. Permanezco arrinconada al lado de la ventana. Desde que Muhammad se ha ido, Ramo me sonríe de forma forzada. Le observo a través del cristal. Me clava los ojos sin disimulo. Pasamos así mucho rato, quizá una hora. Tengo miedo de girarme, mirarle a los ojos y que él no aparte su mirada. Ramo mira mis piernas, todo mi cuerpo, una y otra vez. Yo me vuelvo compacta, intento convertirme en un cubo sin grietas. ¡Eh!, grita de pronto. Me pregunta si tengo tabaco y le digo que no. Se seca las manos en el pantalón. Eh, vuelve a decir. Hace un gesto con el dedo, un anillo: quiere saber si estoy casada. Niego con la cabeza y pone cara de espanto. Quiere saber por qué, qué me pasa. Me señala. Empieza a observarme pensativo, imagino que buscando la tara. No sé por qué no le he dicho que mi marido croata de dos metros me espera en la estación de Zagreb. Ramo se besa las puntas de los dedos. Me sonríe y me viene una arcada. Me dice guapa, guapa, guapa. Sin moverlas, preparo mis piernas para accionarlas como una catapulta.

La puerta corredera se abre con un golpe seco. Aparece una gran barriga uniformada. Por el traje veo que se trata de un policía de la federación. Termina de hablar con alguien del pasillo y se asoma al interior de la cabina. Debe rozar los dos metros. Lleva una gorra y una cazadora con solapas de borreguito. Tiene los ojos claros y rasgados, una papada blancuzca y una sonrisa burlona. Ramo se asusta y se desliza frente a mí. El agente nos mira y sonríe a Ramo, que baja la cabeza. Cruzan varias frases en bosnio y Ramo se levanta, baja sus paquetes del portaequipajes y desaparece a toda prisa, como un montón de basura en movimiento. El policía se queda en la puerta, mira a ambos lados del pasillo, me sonríe. Entra en la cabina, cierra la puerta y también la cortinilla. Me doy cuenta ahora de que había una cortinilla. Hace una reverencia y se quita la gorra. Lleva una pistola colgando del cinturón. Lo miro fijamente, lo más amenazadora que puedo. Mueve las cejas como pidiendo permiso para ocupar el asiento que Ramo ha dejado vacío, delante de mí. No contesto, miro por la ventana. Se sienta. Afuera despunta la mañana, o eso quiero creer.

Entramos en un túnel y empiezo a analizarlo a través del cristal negro. Me mira las piernas. Me giro bruscamente para asustarlo, pero me muestra su asquerosa sonrisa. Busca mis ojos pero yo miro por la ventana. Está inquieto. Se introduce una mano entre los muslos. Quiero gritar pero el hierro de su pistola me aplasta la garganta. Entonces empieza a hablarme en bosnio, ladea la cabeza con una mirada suplicante que no necesita traducción. Soy española, digo en su idioma, hombre espera en Zagreb. No te busques problemas. Esto último lo digo en castellano. La cara del policía se transforma al instante. Se levanta, se pone la gorra. ¡Hasta la vista!, dice en español. Sale y cierra la puerta corredera.

Por primera vez desde que subí al tren siento mi cuerpo, como si al abandonar el estado de alerta la sangre hubiera empezado a llegar a mis rincones. Me levanto y las piernas me flaquean. Consigo abrir la ventanilla y sacar la nariz y los labios del tren, sorber el aire de la mañana. Veo pasar los campos violáceos y los cables de telefonía. Tengo los ojos acartonados. Necesito dormir. No quiero vigilar más, pero aún quedan dos horas de viaje. Tengo que llegar a Zagreb de una pieza y con todo mi equipaje: mis cuadernos, mi portátil, mi cámara y mi grabadora son lo más valioso que tengo. Me saco el cinturón, lo paso por el asa de la maleta y me lo vuelvo a abrochar. Abrazo la mochila y me anudo las tiras por la espalda. Ahora mis maletas y yo formamos un pequeño tren: si alguien quiere robarme, me despertaré. Me tumbo en los asientos. Cierro los ojos.

Alguien abre la puerta y susurra algo muy bajito. Abro un ojo. El tren arranca. Veo una silueta enorme, más grande que la del policía. No puede ser. Noto electricidad en la cabeza pero sé que no me quedan fuerzas. Veo una camiseta blanca que no alcanza a cubrir una barriga generosa. Mi nuevo compañero de cabina deposita sus cosas con cuidado, de espaldas a mí. Cuando se sienta, deja su mochila a un lado. Veo una cabeza cuadrada y un pelo claro y despeinado, unos rasgos más que duros. Me recuerda a la Cosa, ese personaje de cómic hecho de piedra. Su polo blanco va a reventar, se le enrolla más y más sobre la panza, pero no hace ningún gesto para taparse el ombligo. Al contrario, se mantiene tranquilo, en una actitud infantil. La Cosa se estira en posición fetal a lo largo de los asientos. Junta las manos y los tobillos.

Cuando despierto, está mirando unos planos. Me dice bajito, en inglés: Prepara el pasaporte, te avisaré cuando lleguemos a la frontera. Le hago caso. Tiene los ojos azules, las orejas arrugadas como dos brotes de lechuga. Cuando entramos en Croacia, dos policías de la aduana entran en el vagón y nos piden los documentos. Cuando se van, la Cosa sonríe con alivio. Ahora puedes dormir hasta Zagreb, dice. Me recuesto pero, en vez de dormirme, le observo con atención. Coge la pequeña mochila negra que hay a su lado. Con cuidado, abre la cremallera y saca un bote de crema de chocolate de tamaño industrial: Eurocrem. Se lo coloca entre sus muslos. Deja la mochila donde estaba, se asegura de colocarla en la misma posición. Ahora se retuerce y escarba en el bolsillo de su pantalón. Extrae una cucharilla diminuta, más pequeña que una cuchara de postre. Parece de plata. La alza con su mano de monstruo, la mira y la abrillanta con la camiseta. Desenrosca la tapa lentamente, la deposita encima de los planos. El tren acelera por unos raíles que parecen haberse alisado, creando un baile de luces nuevo. Usando solamente el índice y el pulgar, la Cosa introduce la cucharilla en el cubo de chocolate. Se la lleva a la boca. Saborea despacio, manteniéndola en el paladar. No existo para él. El sol desentumece la cabina poco a poco, aparecen los andenes y los postes de la luz. Recuerdo el frío de hace unas horas, el policía, la chica bosnia que no soy yo. Soy como todas, pero yo me estoy yendo.

32

El día que abro los ojos Darko me está aplastando la cara contra el suelo de mi nuevo hogar. Hemos terminado así en uno de nuestros juegos de forcejeo. Me hace una llave y me fuerza a arrodillarme. Con una mano me agarra las muñecas y con la otra me sujeta la cabeza. El pómulo empieza a dolerme y protesto. Él responde sujetándome un poco más fuerte. Me enfado y entonces empieza a disfrutar de mi enfado: cuanto más me enfurezco, más le divierten mi cara roja y mis intentos de liberarme. Mi cuerpo me da igual: lo que me hace abrir los ojos es que Darko se ría de mí, que modifique la imagen que tengo de mí misma. Que mi mente no pueda ofrecerme otra versión de la escena. De pronto, tan nítida, la humillación.

Acabo de independizarme. Me he ido a vivir a una planta baja pegada a un río seco junto al polígono industrial de mi ciudad, propiedad de mi abuela. Darko ha venido a ayudarme a pintar y a reconstruir el bajo de una pared derretida por la humedad. El río está seco pero el agua se filtra desde el subsuelo, creando manchas blanquecinas en la fachada y alimentando las colonias de mosquitos. Mi madre me ha dado bolsitas antihumedad para los armarios, me ha hecho prometerle que abriré las ventanas todos los días. También me ha comprado un deshumidificador, un robot blanco que brilla en el salón como el símbolo de mi nueva vida independiente.

Todo empieza porque Darko me hace una raya con pintura verde en la espalda. Nos manchamos mutuamente el pelo y nos empezamos a pelear en broma. Los días pasan pero mi orgullo sigue herido, así que lo cito en un Pans & Company de Barcelona. Le pregunto si me está haciendo la vida imposible para que lo deje y me responde que sí. Al día siguiente abro todas las ventanas, cuelgo mi nueva pizarra —otro objeto blanco y brillante, cargado de futuro— y hago una lista con todas las cosas que no me gustan de él: 1. No le interesa nada de lo que hago, 2. Me ridiculiza delante de mis amigos, 3. No tiene cultura... Durante el día coloco los últimos detalles de la casa —cortina de ducha, platito para las llaves—, pero por la noche pienso en él. Busco su rastro entre las sábanas de mi cama doble, pero huelen a humedad. En mis primeras noches de vida independiente sólo pienso en mi dependencia, por qué lo sigo deseando si me ha dicho que no me quiere, si ha admitido que me está utilizando. Como si la verdad más cruel me erotizara.

Aguanto dos semanas sin verle. Desarrollamos un sistema indoloro para seguir con nuestros encuentros: él me manda un escueto SMS cuando su tren «pasa» por mi ciudad. Me pregunta directamente si puedo pasar a buscarlo con la chuspi —mi scooter—, a lo que yo respondo con un «OK». Conduzco febril hasta el centro. Cuando le veo apoyado en la señal de tráfico, sé que vamos a follar. Su peso en el asiento trasero me consuela y me hiere, una fricción de la que sólo puedo escapar si conduzco más rápido, llegando a la cama cuanto antes. Esos días tenemos el mejor sexo. Darko se viste sin prisa, escribe SMS o finge hacerlo, y yo vuelvo a acercarlo a la estación. Nos despedimos con un «déu» desgarrador. De vuelta, siento que su casco vacío colgando de mi brazo me domina. Enciendo el deshumidificador por la noche y por la mañana abro las ventanas, pero el aire espeso persiste. La gata siamesa del vecino empieza a colarse todo el tiempo. Tiene el pelo largo y sucio, los ojos llenos de legañas. Al principio me da asco pero luego quiero cogerla porque en realidad sus ojos azules son muy bonitos y quiero limpiárselos. En cuanto me ve se escabulle por la ventana más cercana. Es una gata desatendida que tiene una camada tras otra. Un animal distinguido demacrado por sus instintos. Un día escribo en la pizarra: No sé lo que estoy haciendo, pero hago lo que quiero. Otro día: Estoy enferma, como esta casa.

Le digo a mi madre que ya sé que Darko es un mierda. Racionalmente lo sé, pero estoy intoxicada. Fuera de la cama nada me une a él, lo detesto. Sin embargo, todas las células de mi cuerpo me gritan que no hay otro y me empujan a sus brazos. Lo he estado pensando y la única explicación que encuentro es que tenemos demasiada química, formamos una combinación reactiva, de ahí el veneno. Cada vez que me acuesto con él me sacio y me desgarro por dentro. Estoy atrapada, no puedo hacer más.

Mi madre me pide que vaya a ver a Teo, una psicóloga vieja, bajita y lesbiana que la ayudó durante la separación de mi padre. Para mí Teo es una figura mítica, una especie de árbol sabio. Mi madre no acudió a ella directamente: un día, Teo la vio cambiándose en el vestuario del trabajo cuando pesaba poco más de cuarenta kilos e insistió en que fuese a verla. Le digo a mi madre que ver a Teo no servirá de nada porque yo ya sé la verdad, no necesito que nadie me la diga. Ella contesta que cree que Teo está a punto de jubilarse o que quizá ya lo haya hecho, pero que siendo yo hija suya seguro que me encuentra un hueco. Una vez, sólo te pido que vayas una vez, insiste. ¿Qué otra cosa puede hacer?, pregunto. Teo no puede quitarme la atracción. Lo he intentado y no se puede. Es como la humedad de la casa, como el gato que entra y huye rápido por la ventana.

33

Hay una escena que nunca he contado. Ocurrió durante mi primer viaje. Los organizadores de la expedición quisieron dejar el plato fuerte para el final y dos días antes de la despedida nos llevaron a Srebrenica, el Auschwitz de Bosnia.

Yo había visto todos los vídeos sobre el genocidio: documentales que intentaban explicar lo inexplicable —la masacre tuvo lugar bajo la protección de los cascos azules de la ONU—, crónicas periodísticas filmadas a una distancia aséptica de la zona de seguridad, entrevistas con supervivientes y vídeos grabados por soldados serbios momentos antes de que empezara todo. El general Ratko Mladić entrando en la ciudad a pie y con aire tranquilo, clamando venganza contra los turcos entre dientes, ofreciéndole un caramelo a un niño mientras le asegura que no va a pasar nada.

En los alrededores de aquella pequeña ciudad entre montañas, 8.372 hombres fueron asesinados en nueve días. En el vídeo que vi más veces parecía que fusilaran a mi padre por la espalda. Me había imaginado subiendo a un autobús con las demás mujeres, niños y ancianos, despidiéndome de mi padre y de mi hermano —los dos agitando la mano bajo el sol mientras el motor arrancaba—, confiando en que los vería al cabo de un rato. Había llorado hasta el hipo en mi habitación. Estaba preparada para la conmoción final, para conocer la trascendencia y el horror de aquel escenario fatídico. Sin embargo, no sentí nada.

Antes de entrar en el cementerio de Potocari, el jefe de la expedición nos pidió que le prestáramos atención un momento. Hizo un repaso de los hechos con las manos a la espalda, mirando al suelo y llenando sus frases de pausas innecesarias. Nos recomendó que escucháramos el silencio y que nos tomáramos la visita con calma, pues estábamos en un lugar cargado de presencias.

Al entrar observamos la interminable lista de nombres grabados en unas placas de granito y el año —1995— en el que todos coincidían. El cielo era azul y el sol impactaba en la superficie pulida, pero nos movíamos como si estuviéramos en una catedral tenebrosa: manos escondidas, pasos lentos, alguna tos. Después nos dispersamos entre las tumbas. Debido al desnivel de la loma en la que se ubica el cementerio, la visión de conjunto cambia según tu posición, pero el punto de fuga es siempre el mismo: monolitos de mármol perfectamente alineados que suben y bajan, creando la sensación de bosque renderizado.

Intenté concentrarme y extraer alguna idea a partir de los miles de restos humanos enterrados en aquella tierra fértil, pero los ojos se me iban hacia los andares académicos de mis compañeros, la forma en que se detenían frente a una tumba y no otra. Entonces se oyó un mugido larguísimo. Desde nuestras respectivas posiciones en la retícula, alzamos la vista como suricatos indignados. Tres vacas blancas pastaban entre los últimos abetos del bosque y las primeras tumbas, a pocos metros de unas zanjas en las que se intuían unas cajas de color verde. Hice la asociación —demasiado fácil— entre el verde del islam y el verde del pasto. Descarté la imagen —demasiado escatológica— de las vacas masticando la hierba crecida en una tierra preñada de huesos. No se me ocurría nada valioso porque no sentía nada importante. Entendía la inmensidad de la masacre, pero el hecho de estar allí no me abocaba a ningún momento epifánico. ¿Era una insensible? ¿O mi conocimiento previo de los hechos había sido suficiente? ¿Qué era exactamente lo que esperaba extraer de las tumbas? ¿Le rezaba al mal, a la trascendencia o a una verdad sin fisuras? Mientras observaba a una compañera que miraba un monolito, pensé que nos acercábamos al horror para tratar de endurecernos y tener menos miedo del mundo. La expedición periodística se deslizaba de forma natural hacia el turismo bélico. Al final, no había mucha diferencia entre conciencia y catarsis.

El lugar más simbólico de la guerra de Bosnia no me decía nada. Sin embargo, sentí muchas cosas en el edificio de delante del cementerio. Cosas que nunca conté a nadie.

Mientras el grueso de la expedición descansaba en un parterre junto a las furgonetas, dos chicos y yo cruzamos la carretera en dirección a la antigua fábrica de baterías. El conjunto de naves destartaladas, con todas las ventanas rotas y tuberías que colgaban, había sido el cuartel general de los cascos azules. El almacén principal fue adaptado para que formara parte del memorial —en un cubo negro que funcionaba como una pequeña sala de cine se proyectaba en bucle un documental sobre el genocidio—, pero el resto del edificio estaba abandonado y, por lo que pudimos comprobar, nadie lo vigilaba. Nos colamos por una ventana y fuimos a parar a un pasillo cubierto de cristales. Al fondo del pasillo había una puerta batiente de color blanco con una cruz roja que se partía por el medio. Detrás de la cruz se abría una sala de máquinas con tubos retorciéndose como intestinos, materiales puntiagudos que nos apuntaban. De pronto estábamos en un espacio no domesticado. Empecé a recorrer la nave intentando descifrar su uso por parte de los soldados —puede que aquí hubiera una mesa de reuniones, eso podría ser la cocina—, a oír gargantas holandesas y canadienses retumbando por los pasillos, botas de suela dura marchando enérgicamente por el suelo limpio.

En la segunda planta, unos colores vivos me llamaron la atención. Alguien había dibujado un enorme Oso Yogui en una de las paredes. Era un Oso Yogui militar, con boina y botas altas; estaba sentado en una butaca roja y mordía un puro con una sonrisa malvada. Encima del trono flotaban dos palabras: «*Nema problema!*» (¡Ningún problema!). Muy cerca, a la altura de una cama invisible, se leía una tenue frase escrita a lápiz: «*In love with Helga*». Me encontraba en uno de los antiguos dormitorios de los soldados. De hecho, toda la segunda planta parecía haberse destinado a esa función: las paredes estaban llenas de escudos, banderas, calendarios de rayitas y muescas, insultos sin destinatario, Piolines hipermusculados y patos Donald furiosos, todos con boina ladeada y colillas de puro clavadas en el pico. ¿En qué pensaría un integrante de las Fuerzas de Paz que vivió rodeado de civiles hambrientos y aterrorizados durante meses? ¿Qué se le pasaría por la cabeza al ver que la ciudad que estaba protegiendo se convertía en un campo de concentración y que las fuerzas enemigas estrechaban el cerco cada día? ¿Con qué soñaba un soldado que no tenía permiso para disparar?

En las paredes de las dos estancias más alejadas se desplegaba un harén disperso de mujeres dibujadas a lápiz y carboncillo, largas melenas ofreciendo su culo, su boca o su mirada lobotomizada. Eran composiciones en las que se percibía un esfuerzo realista, con pequeñas inserciones de textura en el pezón o sombreados que rellenaban los pechos y las nalgas. Había un paisaje montañoso con estrellas en el cielo. En primer plano, desproporcionada, una gran palmera con hojas de color azul. Detrás de la palmera, entre una vegetación más propia de una selva que de un bosque bosnio, surgía un tanque. El cañón era un pene con el glande rojo que se curvaba, agrandándose cada vez más. Apuntaba hacia el culo de una *pin-up* de cabellera oscura. En medio de todos esos elementos, una frase descuartizada: «*Ratne želje koje se stvarno ostivariti*» (Los deseos de la guerra que realmente se hacen realidad).

Sentí un calor repentino. Nunca había visto nada parecido. Nunca había pensado en el poder sexual de la guerra, el simbolismo de un tanque o una invasión terrestre. Desde mi posición, a través de una ventana rota, podía ver los monolitos de mármol blanco, uno tras otro. Las hileras de víctimas no me turbaban como lo hacían las mujeres imaginarias que los soldados habían dibujado para soñar, para masturbarse. Soldados que sintieron deseo sexual en una ciudad que era el infierno en la Tierra.

Aturdimiento, confusión, excitación, terror por mi propia excitación, culpa. Pasaba por todos los estadios y volvía a empezar, atrapada en una visión múltiple y ansiosa, hasta que el viento bajó de las montañas y se coló por varias ventanas a la vez. La corriente me agitó el pelo, me secó el sudor. Desvelada y fresca, el vestido del escándalo se me cayó a los pies. Me sorprendí de mi propia sorpresa ante el efecto que los dibujos me habían producido: yo conocía la perversión, el caos oscuro de las ilustraciones, lo había visto dentro de mí. En aquel cuartel militar abandonado comprendí que había sido apartada de un lenguaje que tenía dentro, de una violencia atávica que entendía sin que me la explicaran. La sangre de la vida, el puñal del deseo.

Los bosnios estaban muertos y los soldados estaban lejos, pero las pintadas estaban vivas y estarían siempre ahí, aunque todos desapareciéramos.

Al día siguiente conocí a Darko.

34

El despacho de Teo es tal como lo había imaginado. Tras la puerta semiabierta hay una pequeña habitación con paredes de gotelé. La mesa de madera oscura ocupa casi todo el espacio. En medio del pasillo se intuye un baño de baldosas azules del que sale olor a detergente. Teo lee unos papeles en su escritorio. El pelo lacio y canoso le cae como a un hombre japonés. Las hombreras de su chaqueta están erizadas por la posición de sus brazos, extendidos a lado y lado de una pila de folios. La silla, grande, negra y acolchada, la hace aún más pequeña, pero aun así transmite autoridad.

Cierro la puerta y Teo alza dos dedos pidiendo un segundo. Está escribiendo algo con una pluma estilográfica. Cuando termina, la enrosca sin dejar de mirar lo que acaba de escribir. Sigue mirando el folio durante unos segundos, con la pluma entre los dedos. Entonces se levanta y me da dos besos que se sienten como un apretón de manos. No menciona a mi madre. No sé si sabe que me está esperando abajo, en la calle.

Tú dirás. ¿Por qué estás aquí?
Bueno, intento salir de una relación que me hace daño.

Hago una exposición exhaustiva de mi caso. Si hubiera tenido una pizarra, habría dibujado un esquema con múltiples flechas que terminasen en el mismo punto. En vez de eso he traído un papel para no olvidarme de nada. Lo despliego delante de Teo y ella asiente con normalidad.

Le dejo claro que Darko me trata mal y que no me aporta nada. Simplemente estoy enganchada al sexo. He intentado distanciarme de él, pero la conexión que tenemos en la cama me hace sentir que es el hombre de mi vida, como si una verdad física se extendiera por todo mi cuerpo, excepto en mi cerebro. Sé que es absurdo, pero, por más que lo intento, no puedo. Creo que soy un caso perdido, una adicta. Solamente otro amor podría sacarme de aquí, y, aunque parezca que exagero, dudo mucho que pueda encontrar a alguien como él. Y luego hay otra cosa.

Di.

Le hice confesar que no me quería y aun así lo hacemos una vez por semana. Viene a Montcada, lo voy a buscar con la moto y vamos a mi casa. Me siento fatal, como una mierda. Teo abre un cajón y me pasa un paquete de pañuelos. En cuanto saco uno, empiezo a llorar. Sé que ayudaste a mi madre —sonríe con dulzura—, pero no creo que sirva conmigo.

¿Me permites hacerte una pregunta? Asiento mientras me sueno la nariz. ¿Qué pasa porque te acuestes con él? Levanto la cabeza. ¿Cómo que qué pasa?, digo.

Sí, que qué pasa. Por qué sientes que está mal.

No entiendo, respondo, y Teo se queda en silencio. Pues..., por todo lo que acabo de decir, ¿no?

Me mira. La miro.

Me quedo en silencio. La miro.

Levanta las cejas y cruza los dedos de las manos con serenidad.

¿Te lo pasas bien? Entonces ya está. No tienes que sentirte culpable por ello.

Cuando salgo a la calle, siento que el mundo se ha movido unos centímetros. Es el mismo pero no es el mismo. Los muros del museo marítimo, las palmeras, la cara de mi madre. Sus labios tensos preguntándome cómo ha ido. Yo diciéndole que no lo sé, que creo que bien. Mi madre también se ha movido un poco. De pronto su cara es la de una mujer que tampoco quiso que su amor terminara nunca, un amor que sólo existía dentro de ella.

Al día siguiente me despierto con una sensación de ingravidez. Me siento en el borde de la cama con los pies en el suelo. Ya no odio a Darko. En verdad, quiero que le vaya bien. Esto lo digo en voz baja, se me escapa sin querer. Una vez leí esta frase: La culpa es mágica. Nunca más vuelvo a desearle.

35

A ti lo que te pasa es que te gustan los malotes. Es lo que siempre me han dicho. A la gente le gusta decírmelo porque creen que han descubierto mi punto débil, mi gran contradicción. Como si dijeran: No importa lo grande que sea tu cerebro: cuando ves un malote, mojas las bragas. ¡Ja! Pero yo no veo la contradicción. Es mi cerebro el que me hace mojar las bragas: todo lo que imagino que hay alrededor de ciertos atributos y actitudes, o esos mismos atributos y actitudes pasados por mi filtro embellecedor. Es mi mente la que mejora todo, la que me prepara para el amor.

¿Qué hace una chica como tú con un chico como ese?
¿Pero qué le ves?
Te diré lo que veo.

Un malote no es exactamente guapo. Su rostro tiene rasgos eficaces, pulidos por el tiempo. Puede tener la nariz aguileña o chata, la boca grande o de piñón, pero lo más seguro es que sea atlético. Da un salto y se pone a correr en cualquier momento. Tiene la misma energía que los niños de las fotografías en blanco y negro, los que iban en manada y se pasaban todo el día en la calle. Hombres pequeños con chaquetas de traje demasiado grandes o demasiado estrechas para sus enérgicos cuerpos.

Nunca viste como un señorito, pero su ropa le sienta como una segunda piel, como un uniforme obligatorio.

Su físico y su personalidad encajan con el sonido de una articulación —cloc—, aunque esta coherencia suele ser fruto de la escasez de opciones. Por eso mismo, porque no duda a la hora de vestirse o de peinarse, el malote no es consciente de su belleza compacta. Aunque sea presumido, le interesa mucho más lo que ocurre a su alrededor. No queda mucha gente así. Quiero decir gente que mire la calle de verdad, que observe a las personas. Hay quien opina que esta forma de mirar es ociosa, vulgar o amenazadora, pero yo creo que la explicación es otra: el malote no mira al pasado, al futuro ni hacia dentro. El malote tiene memoria del presente.

El malote no es rico, pero tiene algo de realeza. Vive sin trabajar demasiado. No porque sea vago, sino porque está libre de cualquier deseo de realización personal. Simplemente, no encuentra ninguna razón de peso para partirse el lomo. Su naturaleza está a medio camino entre el forajido y el ermitaño. Muchas cosas le han traído hasta aquí, la mayoría no son buenas. No tiene por qué ser un delincuente, pero se salta las reglas cuando lo cree necesario. El malote prefiere comer pipas a la sombra en vez de brindar bajo el sol. Si hay un terremoto o un incendio, tu instinto te hará seguirle.

Por todas estas cosas me gusta estar con él. Me gusta en lo que me convierte, o en lo que yo creo que me convierte cuando estoy con él. Me gusta el mecanismo del sexo, la sencillez atávica. Sin embargo, cuando estoy disfrutando de esa nada, de esa amplia insignificancia, me invade una sed lejana: quiero beberme su inconsciencia, su libertad pura. Quiero fundirme con él porque es más yo que yo misma.

Eres igualita que tu padre. Es lo que siempre me han dicho. A la gente le encanta decírmelo porque a la gente le encanta tener razón.

Eres periodista. Estudiaste en la misma facultad en la que he estudiado yo. Te conocían por la barba rubia al estilo Lincoln, por tu revista satírica y tus bromas: te gustaba hacerte pasar por profesor. Tu padre era el mejor, escribía como los ángeles, decían tus excompañeros de clase cuando los invitabas a casa. Eras el mejor pero entonces nací yo y, sin que nadie te lo pidiese, te pusiste a dar clases de español. Nunca ejerciste de periodista. Lo lógico sería pensar que nací para terminar lo que dejaste a medias: una huella dentro de otra huella, como cuando íbamos a la nieve y me obligabas a pisar tus pasos para no hundirme en el blanco. Intenté querer estudiar otra cosa, pero no funcionó. Eso también te lo debo a ti, me refiero a tener las cosas demasiado claras. Tú lo llamas mala leche y yo lo llamo fuerza. Siempre la he sentido. De pequeña todos la veían en mí, la alimentaban —¡Es tremenda! ¡Cuidado que muerde!—. Parecía que iba a morder el mundo porque el mundo parecía listo para ser devorado por una nueva generación de chicascohete. Muchas cosas hicieron que la fuerza se convirtiera en mi identidad sin fisuras. Aunque yo fuese una enamoradiza y quisiera ser sexy y las mujeres sexualizadas me atrajeran como un abismo. Todo lo arrastré a un rincón de mi cabeza. La feminidad iba en contra de lo que todos admiraban de mí, de mi propio futuro. No podía coexistir con la fuerza y debía ser dosificada.

Entonces soy igualita que tú. Pero cuidado, no eres yo, dijiste al ver mi cuerpo de mujer. Me prohibiste ir a lugares y estar a solas con mis novios. Me impediste vivir sin temor. Tú podías llevar una doble vida, tener amantes, subir picos cada fin de semana. Sabías que cuando volvieras a casa todo estaría igual. De hecho, ni siquiera pensabas en ello: el amor de los demás era para ti como las rocas, el río y la montaña. Una fuerza perenne de la naturaleza. Tu poder es etéreo, es la ausencia de miedo.

Es difícil parecerse mucho a alguien a quien odias. Es difícil odiar todos los maltratos y decisiones absurdas de tu padre y, al mismo tiempo, sentir una comprensión de carne.

Es fácil comprender que alguien que me quiere no quiera que sea mujer, no soporte verme como un ser que en el fondo desprecia, que no ve como a un igual. Quizá, más que miedo a que me ocurra algo, lo que temes es que ese espejito que he sido para ti se gire de golpe y te muestre tu cara.

Tienes tanto pánico de mi feminidad que yo también tengo miedo. Temo el tambor que sigue sonando donde lo dejé, en el fondo de mi cabeza. Tú perteneces a los valles de afuera, a las cascadas y a las montañas, pero yo no, dices, es peligroso. Entonces debo ser de las cuevas del centro de la Tierra, con sus fuegos derretidos y sus borboteos invisibles que lo explican todo, escupen el caos y la vida sin llegar a pertenecer a ella. Esta es mi venganza: te lanzo mi feminidad con mi fuerza masculina, y te atravieso con ella.

36

La buhardilla se convirtió en un lugar triste. Allí se almacenaban juguetes, trabajos escolares, cosas que me recordaban la época en la que creía que éramos una familia feliz. Por eso me molestaba que mi madre se pasara tantas horas allí metida los fines de semana.

La casa tiene dos plantas. El techo del piso de arriba es de dos vertientes y sólo es posible estar de pie en la parte central de la estancia. A medida que avanzas hacia cualquiera de los laterales, tienes que ir agachándote hasta quedarte en cuclillas. A lado y lado, cuatro puertas diminutas dan acceso a los trasteros, esquinas lúgubres y sin bombilla donde se acumulaban el caos y la inmundicia, objetos remotos que un día fueron empujados por la puertecilla.

Limpiar esos trasteros se convirtió en la obsesión de mi madre. En vez de descansar del trabajo, los fines de semana se vestía con ropa vieja y se colocaba un frontal en la cabeza. Me desquiciaba oírla jadear, arrastrar bultos pesados durante horas. Cuando había tenido suficiente, aparecía en el salón encorvada y llena de mugre, como una minera magullada.

Se habla mucho del poder memorístico de los olores y las canciones. No se habla tanto de los objetos que idealizamos durante la infancia, de cómo verlos de nuevo se parece a encontrar un grial o un amuleto sagrado. A mí me pasaba con el equipo de montaña de mi padre.

Sus tarros de grasa de caballo, sus gafas redondas con tapas laterales, las viejas botas de invierno que conservaban la forma de su pie. Y el piolet, algo tenía y sigue teniendo el piolet que se me clava. Mi madre seguía guardando el equipo de montaña de mi padre porque él no disponía de espacio en su nuevo piso. Pero los trasteros, esos tenía que vaciarlos como fuera.

El piolet es para mí un objeto contradictorio. Su forma es asesina: todas sus partes están pensadas para ser agarradas en medio de una ventisca, clavadas en la roca o el hielo. Sin embargo, siempre me pareció un utensilio tierno. De pequeña veía en él un pájaro feo que acompañaba a mi padre en sus excursiones. Mi padre era un pirata que navegaba solo y el piolet era su loro, su único anclaje en caso de resbalón. Los objetos de montaña eran los únicos que le acompañaban en los pocos momentos en los que era feliz.

Mi padre fue alpinista desde niño, un alpinista involuntario. Cuando lograba escapar del orfanato, huía al monte. Se escondía allí hasta que lo encontraban o el hambre le hacía volver. Por eso la montaña era el único lugar donde se sentía en paz. Por eso subía un pico casi cada fin de semana. A lo largo de su vida llegó a acumular un gran archivo de fotos. Excursiones con amigos, estalactitas, contrapicados con crampones, grietas y glaciares que ya se empezaban a derretir. Debía de tener diez años cuando le hice un enorme collage con las cimas que más me gustaban: un montón de cruces, mares de nubes y banderillas de colores gastados. Múltiples versiones de su cara victoriosa o resistiendo el viento.

¡Mama, baja ya!, grité desde la escalera. Ese día llevaba demasiadas horas en la buhardilla. ¡Sube un momento!, contestó ella. La encontré arrodillada en el suelo. El frontal iluminaba sus manos negras, y sus manos sujetaban un sobre del que sobresalían varias fotografías de color sepia. Tenían los bordes redondeados y parecían haber sido tomadas el mismo día. En una de las imágenes se veía una casa de barro junto a un camino ocre y pedregoso, con unas montañas marrones y desiertas al fondo. Otra mostraba la carretera de un pueblo. Varios jóvenes barbudos se asomaban por el remolque de un camión. Había una chica sentada sobre unos sacos, con las piernas fibrosas y ligeramente abiertas. En la siguiente, la misma chica aparecía sola, sentada encima de la cabina del camión. Miraba al horizonte con suficiencia, como si este siempre le hubiera pertenecido. En el reverso de la fotografía, un breve texto: «El Atlas, 1982. La gran aventura marroquí».

Había oído hablar de ese viaje. Había visto a mi madre recordar aquellos días como si fueran el paraíso. El Atlas marroquí había sido el viaje de su vida, su gran aventura. Mis padres y dos amigos subieron la montaña con lo puesto, pernoctando en el desierto y parando en aldeas remotas que encontraban por el camino. Mi madre había contado la anécdota del camello varias veces. Los hombres marroquís se quedaban impactados con su cuerpo musculoso y femenino, la miraban como a una diosa. Uno le ofreció a mi padre intercambiarla por un camello. Cuando mi madre lo contaba, mi padre ponía cara seria, pero a ella los ojos le brillaban como dos estrellas del desierto.

Es difícil deshacerse de los recuerdos fosilizados, de las ideas fijas que nos acompañan durante la infancia. A veces hace falta pasarse semanas enteras en el trastero, adentrarse en la mugre, para entender que tu madre nunca tuvo miedo a nada. Que tu héroe alpinista vivió siempre aterrorizado. Que la verdadera aventurera siempre fue ella.

Toda mi vida mi padre me habló de libertad, también en su lecho de muerte. Pero una cosa es hablar de libertad y otra cosa es ser libre, entenderla verdaderamente. Quererla en los otros.

Muchos picos contra un desierto. Muchas palabras contra unos pocos actos invisibles pero determinantes. Siempre hubo una cosa en la que mi madre no estuvo dispuesta a ceder, y fueron precisamente mis viajes y aventuras. Mi padre no quería dejarme ir de colonias aquella primera vez, era peligroso y yo era pequeña. El autocar podía tener un accidente. Hubo un gran enfrentamiento, de los más fuertes que tuvieron, pero mi madre dijo que yo iba. Fue la única vez en que él entendió que no iba a vencerla.

La mañana en la que la expedición inició el camino de vuelta a casa, los llamé por separado. Estaba desnuda junto a la ventana de la habitación de Darko. Primero lo llamé a él y después a ella. Todo iba bien: iba a quedarme unos días más para intentar encontrar una buena historia, aprovechar ya que estaba aquí. Mi padre dijo que tuviera cuidado con las mafias del Este. Son muy peligrosos, mi Polilla, auténticos carniceros. Ni se te ocurra subirte a ningún coche. No eres tonta, sabes perfectamente lo que buscan esos hombres. Mi madre me preguntó dónde iba a dormir. Le dije que en casa de la familia de uno de los intérpretes de la expedición. Mi padre amenazándome para protegerme; mi madre callando, entendiendo mi respiración. Mi padre imaginándome víctima del deseo violento de los hombres, teniendo miedo de lo que pudiera sucederme. Mi madre teniendo miedo de lo que yo quería que me sucediera a mí. Cabeza, ¿vale? Y vigila con el chico.

37

En 2014, cuatro años después de mi último viaje a Bosnia, empecé a trabajar en *PlayGround*, un medio digital que crecería exponencialmente a lomos de Facebook. Al principio éramos pocos, cabíamos en el salón de un piso de la calle Pelayo de Barcelona. Empecé escribiendo crónicas gonzo y artículos sobre temas sociales y culturales con una voz pretendidamente irreverente. En poco tiempo la mayoría de mis textos pasaron a estar escritos desde una marcada perspectiva de género. Trabajo sexual, métodos anticonceptivos silenciados por las farmacéuticas, gestación subrogada, arte menstrual, *sugar daddys* o falsa sororidad eran algunos de los temas que trataba, y acumulaban millones de likes. Impulsada por los *ads* y el entusiasmo generalizado, me convertí en una de las más fructíferas creadoras de contenido feminista de la era digital en habla hispana. Mi editor pedía más porque las usuarias pedían más. Encontré mi voz, mi público. Por una vez, estaba en el lugar indicado en el momento perfecto. Entonces estalló el #MeToo.

Con el crecimiento de la redacción lo hizo también la exigencia de productividad. Llegué a escribir entre cuatro y cinco artículos por día. La constante necesidad de ideas frescas hizo que empezara a buscar en todos lados: en el metro, en conversaciones con amigas, en mi pasado. Un día mi editor me pidió que buscara en mis experiencias con el ginecólogo, en las discusiones con mi ex. Seguro que ahí había algo interesante. La voz personal parecía encajar a la perfección con la naturaleza testimonial y de denuncia del movimiento. Además, tenía que encontrar temas más feministas donde fuera. Sentía que lo estaba haciendo bien y que lo que hacía era importante, todos aquellos hilos de conversaciones sobre temas silenciados, toda aquella solidaridad furiosa entre mujeres que no se conocían de nada. Era emocionante ser una de las brujas que echaba más leña al fuego de aquel aquelarre global.

Un día tuve la revelación. Mi proyecto fracasado sobre Bosnia, todo ese material abandonado por la carga de trabajo, tenía más sentido que nunca. Podía escribir algo que mezclara mi investigación sobre el tráfico de mujeres con mi relación tormentosa con Darko, una historia de pasión llena de sombras y maltrato, aunque en aquel momento no lo hubiera vivido así. Lo que terminó de convencerme fue enterarme de la existencia de *The Whistleblower*, una película basada en la historia de Kathryn Bolkovac, una policía estadounidense destinada a Bosnia como observadora de las Naciones Unidas en los primeros años de posguerra. Bolkovac denunció la implicación de soldados de la OTAN, la policía, trabajadores civiles y diplomáticos de la ONU en las redes de tráfico de mujeres extranjeras. Se topó con el bloqueo de las altas esferas. Lejos de rendirse, elevó el caso a Dyncorp, la empresa de seguridad privada que la contrató para la ONU, y a la Secretaría de Estado estadounidense. Como respuesta recibió silencio y su despido. Finalmente recibió el apoyo de Madeleine Rees, jefa del Alto Comisariado de los Derechos Humanos de la ONU, y terminó venciendo a todos en los tribunales.

La de Kathryn fue la última entrevista que hice para mi reportaje. Me invitó a su casa en las afueras de Róterdam y me estuvo enseñando fotos de sus días de misión en Bosnia. Señaló a sonrientes excompañeros implicados en la compraventa de chicas. Pasamos del té a la cerveza. Me transmitió la importancia de denunciar la vuelta de tuerca que había dejado a las jóvenes bosnias indefensas y a los criminales aún más impunes. Kathryn era una heroína y ahora Rachel Weisz la interpretaba en la gran pantalla.

Durante diez años intenté empezar aquel libro. Explicaba la historia a amigos y conocidos, pero por alguna razón no podía escribirla. El paso del tiempo me había dado perspectiva sobre mis años de juventud, sobre aquellos viajes a Bosnia e incluso sobre mi trabajo en *PlayGround*. Había formado parte de la expansión cultural de los feminismos, de su procesado para la ingesta masiva, previa a la inevitable mercantilización. Como redactora había sido objeto de una alienación sutil y concreta, la que convertía mi vida y valores en un trabajo. Había aprendido la diferencia entre ser protagonista y tener poder. Pero no era nada de esto lo que me impedía escribir.

Había cosas que no había contado nunca, ni siquiera verbalmente. Como el día en que Nikolina logró que Fadila nos dejara salir de la casa secreta para encontrarnos con su nuevo novio, el que quería trabajar en la OSCE. Como condición, yo elegí el sitio: el Abrašević Centar, un centro cultural alternativo situado en la antigua línea del frente de Mostar, que aún dividía virtualmente la ciudad en dos. Tenía un bar, una pequeña biblioteca y un patio lleno de grafitis. Era un lugar pensado para que jóvenes musulmanes y croatas se mezclaran. A los extranjeros nos encantaba. Por supuesto, a Nikolina le pareció una mierda. Se había puesto una minifalda y una minisudadera con la cremallera bajada hasta más de la mitad del escote. Se había hecho dos coletas. Mientras esperábamos a su novio, pedí una cerveza y ella un vodka doble con limón. Cuando llegó, me pareció un chico de lo más normal. Nos caímos bien y empezamos a charlar. Niko apoyaba la cabeza en su hombro y sorbía el vodka con una pajita. La conversación se alargó, y cuando me di cuenta Niko iba por su segunda copa y estaba completamente fuera de la conversación. Estaba dolida. Fue la única vez que vi su fragilidad.

El día de la cata de pasteles le pedí a Fadila el nuevo número de Nikolina. Cuando la llamé para que nos viéramos después de tantos meses, se mostró receptiva. Me contó que seguía con el chico, que había empezado a trabajar en la OSCE y que aún no sabía nada de su pasado. Por el silencio que vino después, sentí que me ocultaba algo. Comencé a pensar que era probable que su novio hubiera montado un negocio para trabajadores internacionales y estuviera prostituyéndola, y que eso a Nikolina no le pareciera del todo mal. Quedamos para dos días después. La mañana de la cita recibí un SMS. Me decía que lo sentía mucho pero que no le apetecía hablar, sólo quería vivir su vida, y me deseó mucha suerte. Por primera vez sonreí ante una entrevista frustrada.

Siete años después de despedirme de Fadila, la llamé desde Barcelona. Una voz masculina contestó al teléfono. Era uno de sus hijos. Hacía años que Fadila padecía alzhéimer en un estado muy avanzado.

Todo estaba en ellas, en la víctima que no se veía como tal, en la heroína que robaba dinero de su ONG para sobrevivir. En mi madre, que, al resistir durante años junto a un marido infiel, había luchado por lo que quería. La libertad de las mujeres es escurridiza. Siempre se oculta donde no la esperas.

No pude escribir el libro porque el relato deslumbrante y nítido que me presentaba como a una reportera heroína y una víctima de abusos no era del todo cierto. El folio en blanco actúa como un detector de exageraciones. Las palabras se las lleva el viento, pero las letras quedan.

Trabajé como nunca y deseé con todas mis fuerzas que se hiciera justicia con las víctimas bosnias, señalar la tremenda hipocresía europea y contribuir a la acusación contra las Fuerzas de Paz. Pero ningún trabajo periodístico de esa envergadura y con ese halo de obra personal es del todo desinteresado. Sabía que Darko había abusado de mí, pero yo no era solamente una víctima. No me sentía enteramente como tal. Yo había sacado algo de todo aquello: me había sometido para rebelarme contra una identidad opresiva, para vengarme de mi padre y hacer que tuviera miedo de perderme, que me quisiera. Mi impulso autodestructivo estaba lleno de ambición, de poder y agencia.

No caí presa de las cadenas del amor romántico. Sencillamente utilicé los instrumentos que tenía a mano para vivir una experiencia extrema que me permitiera palparme los contornos, sentir la velocidad aniquiladora que los chicos sentían con sus primeros coches. No había habido autoengaño, sólo precariedad de herramientas. Perder el control me dio control sobre mi vida.

A veces lo más complicado es muy sencillo. A veces las chicas nos exponemos al peligro sin engaños y sin ceder a presiones. Abrimos las piernas como quien abre un telón, a la espera de que suceda algo.

38

En 2017 viajé a Bosnia por última vez. No fue idea mía sino de G., mi novio de entonces. Era fotoperiodista y llevábamos cinco años juntos. Un día, de la nada, propuso que fuéramos a pasar el fin de semana a Sarajevo. Fue violento, como si me lanzara una piedra a la cabeza. Yo estaba bien, sobrepasada por mi trabajo en *PlayGround*, viviendo en un piso precioso, propiedad de su madre. Teníamos una relación estable, viajábamos, hacíamos reportajes. ¿A qué venía eso ahora? G. sabía que había abandonado el libro. Conocía toda la historia, sabía que había jurado no volver. Tómatelo como una escapada romántica, dijo, dos noches nada más. Algún día tendrás que reencontrarte con la ciudad que significó tanto para ti, ¿no crees? Imaginé Sarajevo sepultado por la nieve, todos mis recuerdos endurecidos por el frío. Me vi haciendo fotos con su cámara analógica y mi abrigo de lana negra. Siendo elegante, por fin, en esa maldita ciudad. Primero me indigné, pero después pensé que nada malo podía suceder en tan poco tiempo, durante un mísero fin de semana.

En Sarajevo no había ni rastro de nieve. Fue un alivio que el Airbnb que G. alquiló fuese horriblemente moderno, con sofás de diseño incómodos, cafetera de cápsulas y litografías de Liechtenstein. Nada me apetecía menos que rememorar mis días de hostales baratos, café turco y goulash caliente.

A la mañana siguiente conduje a G. por los lugares destacados del centro: la vieja mezquita otomana, la biblioteca reconstruida, el cementerio con mejores vistas, la fuente de la plaza Sebilj con sus oleadas de palomas cada vez que se acercaba un tranvía. Caminábamos a buen ritmo. Le decía a G. que había mucho por ver, pero la verdad era que no quería detenerme en ningún sitio. Quería evitar cualquier estado contemplativo y que la enredadera de la nostalgia empezara a enroscarse en mi tobillo. Durante la comida y la cena bebí cerveza a grandes tragos. ¡Ves como no había para tanto! G. estaba convencido de que me lo estaba pasando en grande.

El segundo y último día le propuse que subiéramos al tranvía y fuéramos hasta la última parada. Quería enseñarle el parque de Vrelo Bosne, reducto del Sarajevo austrohúngaro y señorial. Allí encontraríamos una cascada y carruajes tirados por caballos. No le dije que al otro lado del río, en el barrio que se extendía en el límite de la ciudad, se encontraba la casa de Darko. Mientras paseábamos, empecé a pensar cómo proponerle a G. un juego un poco extraño. ¿Me acompañas a encontrar la casa de Darko? Está por aquí cerca y quiero ver si puedo llegar de memoria. G. accedió sin demasiado entusiasmo.

Había carteles en árabe. Junto al chiringuito de una plazoleta encontramos una señal en la que se prohibían los besos. Saqué una foto con el móvil. Era evidente que el barrio había cambiado, se notaba la inversión de Arabia Saudí, pero lo esencial estaba intacto: las calles vacías, las raíces de los árboles reventando el asfalto, las bolsas de plástico atascadas en las rejas. Varias veces tuvimos la sensación de estar invadiendo un espacio privado o de estar alejándonos hacia la nada, y ninguna de las opciones era correcta.

Al principio G. caminaba a mi lado pero después empezó a seguirme a un ritmo desapasionado. Me entró ansiedad. Estaba jugando a encontrar la casa de mi amor turbulento de juventud mientras mi novio marcaba los segundos con sus pasos, y me preguntaba, con silencio atronador, qué carajo estaba haciendo. Yo sabía que desde la parada del tranvía tenía que bajar por la calle más ancha, encontrar una casa rosa, girar a la izquierda, buscar unos bloques residenciales siniestros en forma de U. Muy cerca estaba el parking con el grafiti de la chica de ojos de gato y la frase «*Bad boy good lips*».

Bajamos por la calle ancha, encontré la casa rosa y giramos a la izquierda. Entonces me perdí. Empecé a rodear los edificios uno a uno, girándome de vez en cuando para sonreír a G., que me seguía con los brazos a la espalda. Saberme nerviosa me puso más nerviosa. ¿Lo estaba porque tenía un tiempo limitado para que la situación no se volviera extraña? ¿No se había vuelto extraña ya? ¿Por qué el barrio no paraba de girar sobre su propio eje? ¿Cuál era la esperanza de vida de un cuervo? ¿Era posible que alguno me reconociera? No tenía datos en el móvil, así que no podía buscar la dirección. Le dije a G. que era una cuestión de orgullo, la casa estaba ahí mismo y yo no la estaba viendo. Empecé a correr para asomarme en las esquinas, a maldecir con los brazos en jarras. Finalmente, me rendí. Cuando llegamos al apartamento, la conexión volvió a mi teléfono. ¡Lo sabía, joder! Le enseñé el mapa a G.: habíamos estado dando vueltas a unos diez metros de la casa. Increíble. G. alzó los hombros, abrió una cerveza y encendió la televisión.

La última mañana, G. propuso tomar un café en la plaza Sebilj antes de ir al aeropuerto. El camarero trajo dos cafés turcos y dos vasos de agua con gas. Miré alrededor, las tiendas con aparadores tradicionales de madera, las bufandas con los colores azul y amarillo de la selección. Nos sonreímos. Miré las burbujas de mi vaso. Se precipitaban hacia la superficie en pequeñas hileras, como si tuvieran prisa por estallar y desaparecer en el aire. Me levanté de golpe. Le dije a G. que fuera yendo hacia el aeropuerto, que yo iba un momento a ver la casa de Darko. Que no se preocupara, que llegaría a tiempo.

Corrí hacia el tranvía detenido en la parada. Me abracé a una barra de hierro y miré al frente, evitando girarme hacia la mesa con los dos cafés, las dos aguas y las dos maletas, y, seguramente, con mi novio mirando perplejo en dirección al vagón. El vuelo salía al cabo de hora y media y el tranvía iba demasiado lento, pero en vez de alterarme yo estaba cada vez más calmada, como si supiera que pronto iba a estallar y a mezclarme con el aire.

La fachada, las ventanas, todo estaba igual a como lo recordaba. Había cartas acumuladas tras la reja de la entrada. Detrás de la puerta, en el mueble del salón, había una foto de Darko con un gran marco plateado. Sonreía de forma tan sincera que no parecía él. A su lado, justo a la derecha, empezaba la escalera que conducía hasta la segunda planta. En el dormitorio, encerrada, estaba yo, más libre que nunca.

*

Una cadena de descubrimientos: Moth significa «polilla» en inglés.

Margaret Moth quiso deshacerse de su apellido paterno y mi padre me llamaba cariñosamente con el nombre que ella eligió para su nueva identidad. A su vez, yo elegí a Margaret para ahuyentar la imagen de mi padre, que vuelve a través del tiempo y revolotea a mi alrededor.

A fin de cuentas, acertaste de lleno con el apodo, papa. La libertad no estaba en la luz o en la oscuridad: la encuentro buscándola, quemándome y volviendo al cristal ardiente una y otra vez.

Quiero dar las gracias a mi familia por su apoyo material y emocional a lo largo de estos años, en especial a mi hermano y a mi madre. Siempre me hicieron sentir que lo lograría.